邮戳印记

倪林　张鸽盛　著

重庆大学出版社

图书在版编目（C I P）数据
邮戳印记 / 倪林，张鸽盛著. -- 重庆 : 重庆大学出版社，2021.1
ISBN 978-7-5689-2523-5
Ⅰ. ①邮… Ⅱ. ①倪… ②张… Ⅲ. ①游记－作品集－中国－当代 Ⅳ. ① I267.4
中国版本图书馆 CIP 数据核字 (2020) 第 243382 号

邮戳印记
YOUCHUO YINJI
倪　林　张鸽盛　著

责任编辑：李桂英　张　祎　　版式设计：李桂英
责任校对：万清菊　　责任印制：邱　瑶

重庆大学出版社出版发行
出版人：饶帮华
社址：（401331）重庆市沙坪坝区大学城西路 21 号
网址：http://www.cqup.com.cn
印刷：重庆共创印务有限公司

开本：787mm × 1092mm　1/16　印张：18.25　字数：177 千
2021 年 1 月第 1 版　2021 年 1 月第 1 次印刷
ISBN978-7-5689-2523-5　定价：68.00 元

致自驾游朋友

越大海

自驾游好处甚多：其一，可以随性地自娱自乐。每个人都有自己的爱好、习性，平时在集体中不可能完全照着自己的兴致行事，总是受到集体利益、规章制度和纪律条款约束，时间一久，许多人感到压抑、心累，甚至患上抑郁症。自驾游正好给了人们放飞心情的机会，开着车，想到哪里就到哪里，高兴怎么玩就怎么玩，完全地解放，彻底地放松，人性得到充分的自由。其二，可以饱览历史遗迹、人文地理和自然风光。自驾游的时间、地点、路线都由自己决定，没有了时间限制，也不像跟团游似的跑马观花，一切都由自己掌控。可以自己规划到什么地方，玩什么内容，今天看什么，明天看什么。可以仔细看，今天没有看够，可以明天再来，甚至后天还可以再重复。这次遗漏了，下次还可以再补上。其三，可以获得许多不一样的经历，丰富你的人生。出门在外，尽管作了周密的计划，但人算不如天算，总会出现一些意想不到的奇事，有的让你深感三生有幸，有的让你刻骨铭心一辈子也忘不了。其四，可以遍尝各地的风味美食。全国各地民

上高山

风民俗不同，饮食习惯各异，经过人们长期的开发、研究和传承，各种不同风味的美食应运而生。只有自驾游有这个条件，哪里有什么特色美食，油门一踩便闻风而去。再远的路程，再深的巷子，方向盘一转便可达到尝新的目的。可以带走的，塞入后备厢，走一路吃一路，既饱了眼福又饱了口福。其五，是情侣或一家人最美好的时光。由于工作、学习等，情侣即使能够朝夕厮守，但在一起的时间也是很有限的。自驾游实现了这一愿望，一辆车上，两三个立方米的空间，从早到晚在一起，同“车”共济，没有了距离，没有了闲杂他人，有的只是相亲相爱和相互的体贴、爱护。一路的奔驰，一路的情愫；满眼的风景，满目的爱恋。一张笑脸，一个姿态，定格在镜头里的都是爱的眷恋。还有什么比这更美好、更惬意的呢？其六，有利于身体健康。汽车一发动，映入眼帘的是与昨天完全不同的崭新世界，紧接着的是参观、游览、登山、滑草、滑沙、骑马、游泳、照相等一应活动。一天下来，兴奋加运动过后的疲惫，早早地入睡，一觉睡到自然醒，

跨长江

哪里还有时间去想别的烦心事。每天这样规律地生活，身体由此获得极大的锻炼……还有哪些好处，由朋友们再去发掘和补充吧。

综上可以看出：自驾游就是游心情。带着一副好心情出发，你会发现外面的世界一切都是美好的，哪怕是穷山恶水之地，也能找出它的美丽和可爱之处。即使是起早摸黑、跋山涉水，你也会累中有乐。一路的惊喜、一路的发现还会将你曾经的不愉快一扫而光。自驾游的点点滴滴会让你一生快乐。

自驾游就是游性情。当你启动发动机，展现在你面前的将是连绵的山脉，广袤的草原，无边的大海，五彩斑斓的城市，雄伟壮观的建筑，美丽动人的传说和源远流长的历史。你的胸襟有多大，前面的旅游地域和内容就有多大。自驾游还是开启你胸襟的最好钥匙，也是陶冶你性情的最好法宝。当你穿行游走在这些山川大河、历史地理之间时，你的胸襟将随之完全打开，视野由此会变得更加宽广，气度也会变得更加不凡。

过黄河

自驾游就是游过程。从方案的策划和制订开始，你就已经上路了。目的地的选择、景点的确定、线路的走向、食宿的安排等都是你在收集大量资料和参考别人制订的路书后选定的，看资料和看别人的路书的过程实际上已经在心游了。自驾游的精彩之处是边走边看，边看边玩，边玩边享受。停停走走，走走停停，不慌也不累，目的地加上沿途的风光，这些就是自驾游的魅力所在，玩的就是这种由无数个片段构成的过程和全部目的地的集合，这是其他旅游形式完全无法比拟的。

朋友，自驾游带给你快乐，这种快乐无法用语言来形容；自驾游带给你知识，这些知识将丰富你的阅历，让你受用一生；自驾游带给你幸福，这样的幸福永驻心间。行动吧，驾驶你的爱车，相拥你的爱人，邀上三五好友，赶快上路，驶向那美好的广阔天地！

目　录

* 春

胜日寻芳泗水滨，
无边光景一时新。
等闲识得东风面，
万紫千红总是春。

［宋］朱熹《春日》

粉黄色的迎春花挣破身上白雪的束缚迎着阳光露出自己的笑脸，在微风中舒展着身姿。

在雪地里躺了一个冬天的小草，也探探头，露出青青的头顶，争先恐后地感受温暖阳光的照耀。

小溪里的鱼儿不时地蹦跳着，仰面朝天，对着灿烂的太阳，急切地为肚里的小宝宝寻找热量。

在雪窝里蛰伏了整个冬天的熊妈妈苏醒过来，一对在雪窝里出生的小生命还从来没有见过春天是啥样子，得抓紧时间带孩子们出去看看新世界。

燕子也飞回来了，在屋檐下来回穿梭，嘴里衔的泥土让爱巢一圈圈增长，一天天圆满。要不了多久,窝里的小可爱就要出生了。

田野里，农夫也开始忙活，犁田耕地，播种插秧，辅助大地孕育出新的希望。

春天，阳光明媚，万物复苏，草长莺飞，鲜花盛开，所有生命又迎来新一轮绽放。

春天是温暖的，春天是快乐的，它是那样的有活力，走进春天就是走进生活，拥抱春天就是拥抱生命。

百里竹海之韵

梁平县，隶属重庆市，2007年高速公路通车后，到主城只需要2小时。

竹海

但就是这么近的距离，我居然一点不知道梁平还有个“百里竹海”。最近一个朋友介绍说这个竹海规模很大，1995年就被列为省级名区。它的深藏不露，无形之中增添了几分神秘感，促使我更想一睹为快，揭开它神秘的面纱。

天一直下着蒙蒙细雨，3辆车在高速路上飞奔，车友们

鸟瞰竹海

的情绪一路高涨。在梁平站下高速后沿着一条乡道行驶30多千米就到了景区。只见一座山连着一座山的竹林，境域跨屏锦、竹山、龙门、新盛、七星、虎城、袁驿等9个乡镇。竹山镇是竹海的中心。整个竹海东西有十里之阔，南北有百里之遥。竹海里有白夹竹、寿竹、楠竹、斑竹、慈竹、水竹、刺竹、金竹、箭竹、苦竹、桐竹、棕竹、芦竹、方竹、丝竹、罗汉竹、凤尾竹等37个品种，还有绿竿花黔竹、黑水竹等珍稀竹种。除其中的六七个品种外，其他的我从来都没有见过。竹海景区内有一座建于唐朝时期的观音庙，据说在当地享有盛誉，香火很旺。因为去过的寺庙太多了，所以

遮天蔽日的竹林

大伙儿就没有进去，而是直接向着竹海的深处进发。

景区有一条公路，道路虽然不宽，但平整，是水泥路面，据说是原农场时期修建的。由于来的人很少，路上几乎只有我们3辆车，让我们有了难得的清静。

路的两边各种各样的竹子一一呈现在我们的眼前：有的高大挺拔，直冲云霄；有的细腰嫩枝，在微风中翩翩起舞；有的宛如骨节，历史的沧桑尽在其中；有的青白相间，高风亮节的气质华贵典雅。站在沟底向上望去，只见万千条绿丝线把大地和天空连在一起，在细雨的衬托下，天地浑然一体；

站在山巅极目远眺，层层竹涛随风滚动，一会儿像惊涛拍岸，汹涌澎湃，一会儿像楚楚少女，情意绵绵。尽管头上飞着细雨，车友们仍不停地要求停车欣赏、拍照。

花了两个多小时穿越整个景区，在景区尽头的一个水库边，我们在一户农家搭伙，吃了一顿农家饭。农家主人告诉我们：这里的竹子完全是自然形成的，已有100多年的历史。现在满山遍野的竹林已化整为零分到每家每户，由竹农们自己管理。竹农以竹子为生，世代相传。他将他家的土特产拿出来给我们看，有竹凉席、竹扇、竹筐、干竹笋、竹苏、老腊肉，还有一些竹编工艺品。大伙见他的干竹笋成色很好，油浸浸的老腊肉熏得很香，看得出来是地地道道的土特产，便纷纷购买，每辆车的后备厢都装得满满的。

在回城的路上我左思右想，有上百年历史的百里竹海为什么鲜为人知，一直还处于沉睡状态？政府为什么不利用它秀美壮观的景色来开发旅游？一周后，这些问题还一直困惑着我。

江津县走马镇有个桃花山，政府利用桃树的花季和果季开发休闲旅游，果农获得丰厚的经济效益。永川区也有一片竹海，规模虽然不大，但却引来著名导演张艺谋拍电影并由此掀起了当地的旅游热。

梁平县政府应该利用好这一得天独厚的天然资源，用心开发、着力打造、大力宣传，百里竹海才会家喻户晓，名扬天下，竹海才能变成金海银海，造福一方百姓。

2008年6月14日于重庆

风兼雨，酒乡依旧是美人

一年一度的清明哀思节到了。

我国从2008年开始将清明节作为法定节日，加上周末两天，又是一个小长假。周四周五两天四处联络同行者，大家一致同意进行一次酒乡行。

上午9时出发，因为没有高速公路，走的都是省道和县道，一路上车都在山间行驶。重庆的山以灌木为主，贵州的山以乔木为主，沿途山清水秀、风景如画，大家是一路喝彩。我一边走一边想，现在的人生活好了，包里有钱了，更注重精神享受了。为了追求精神享受，人们开始游山玩水，而越是原始原貌，越是处女地，就越觉得古朴美丽。如果退回去40年、50年，在肚子都吃不饱的时候，这山、这水、这沟怎么看都是穷山恶水。其实山还是那座山，水还是那个水，沟还是那条沟，没有什么变化。一句话：饱着肚子看是青山绿水，饿着肚子看则是穷山恶水，山水没变，变的是人的心境。

即将到达习水县城时，我们一行人先走进习水国家森林公园，因为这座公园内有一棵“杉王”。相传宋朝时期，朝廷为了平息氏族割地之争，以射箭落地为界，插一些杉树作为标记，这些杉树一年年地长，有的死去，有的被砍伐，只剩

拥抱“中国杉王”

下这一棵，历经雪雨风霜，长成参天大树。它高44.8米，胸径2.23米，冠幅22.7米，千年来仍然根深叶茂，郁郁葱葱。经国内多位专家考证，这棵杉树实为旷世珍宝，堪称华夏之最，被冠以“中国杉王”的美誉。今天能置身于“杉王”之下，一睹“杉王”的雄姿，真是大幸。

当晚住习水县。习水县城的规划和治理都很差，虽然政府挂的横幅标语是“整治五脏六乱，建设绿洲红城”，可到处仍是乱哄哄、脏兮兮的。我们吃了晚饭就回到宾馆，一点没有出去逛的念头。

下了一夜的雨，早上起来天已放晴，运气真好！今天我们将直奔全国十大名酒之一的茅台酒的故乡——茅台镇。

离开习水县城，沿着赤水河逆水而行。在山涧峡谷里，一路上车窗外全是酒香味，我这个不喝酒的人也不愿把车窗关上，饱饱地呼吸着那充满酒香的空气。离茅台镇不远处有

清清的赤水河

镌刻在赤水河崖壁上的 3 个大字“美酒河”

一个两省三县交界地。以赤水河与一条小溪为界，四川省的古蔺县、贵州省的习水县和仁怀县在这里交会。有意思的是，大家都以赤水河为母亲河，酿造出以酱香型为主的中国名酒，古蔺出产“郎酒”，习水出产“习水大曲”，而仁怀出产“贵州茅台”。

国务院曾专门下文保护赤水河，以保证茅台酒的品质，因此，赤水河两岸的生态环境非常好。山是青的，水是蓝的，加上喀斯特地貌和丹霞地貌的交融，灰色与红色相互辉映，举目望去，一幅幅山水画让人爽心养眼。小车开开停停，无论是摄影爱好者还是非摄影爱好者，凡是有相机的都咔咔一阵狂拍。当我们到达茅台镇时，已是中午时分了。

吃过午饭后，我们一行人参观了茅台酒厂。

第一个参观点是1915年茅台酒在巴拿马万国博览会上获得金奖的雕塑，这是茅台酒走向国际舞台的开始。据说在博览会上，由于中国酒的包装落后，茅台酒无人问津，这时一个工作人员不慎将一瓶茅台酒摔碎，顿时酒香四溢，弥漫了整个大厅，人们这才对中国的茅台酒刮目相看。

第二个参观点是酿造车间。茅台酒厂有13个车间，因清明节放假，大部分车间都停工了，只有少数车间有工人上班。工人师傅带着我们参观了从原料到成品的生产全过程，了解到茅台酒为了保证质量，出锅后必须在酒窖里存放5年才能上市，生产量是十分有限的。

厂区内的著名景点

整个厂区位于赤水河边，空气里弥散着浓郁的酒分子。厂区很整洁、干净，各个角落散布着各种不同的人文景观，绿化也很好，看得出来厂领导的管理和治理水平不错。

第三个参观点是位于镇上的国酒文化展览馆。展览馆占地约3万平方米，共有汉、唐、宋、元、明、清和现代7个展馆。每个展馆的外形均体现了所处时代的建筑风格，收藏了大量的雕塑、匾、屏、书画、图片和实物，详细介绍了中国酒业的发展过程以及与酒有关的文化内涵，还让我们了解到“酒”字的来源。“酒”字原来是象形字，后演变成象形会意字。最后，展览馆提醒我们：“酒”是一种特殊物质，适量饮用有利于身心健康，但过量饮酒对身体有害。

从展览馆出来时已是下午4时，我们在镇上看到一家私人酒厂，厂长是一位30出头的年轻人，非常朴实。他带领我们参观了他的酿酒作坊，其酿造工艺与刚参观的茅台酒厂差不多，只是规模无法相提并论。他说为了加快资金流动，酒出锅后不可能存放5年才卖出去，一般一年左右就要销售。他

红军渡

如实地把这些情况告诉了我们，我们对他的戒心一下全没有了，几位有几年酒龄的同事品尝了几口，认为口感不错，于是你10斤，他20斤，一下买走近200斤。毕竟每斤18元的价格与茅台酒相比差几十倍，虽然不是正宗的茅台酒，但还是茅台镇的酒，大家心里仍是乐滋滋的。

值得一提的是，镇上还有一个景点，那就是红军四渡赤水时第一次渡赤水的渡口。渡口河面虽然不宽，水流也不是太急，但在前有堵截，后有追兵的情况下，红军要渡过去也绝非易事。更重要的是从这里可以看出毛主席军事战略思想的过人之处。晚上6时，我们驱车来到仁怀县，仁怀县城干净整洁，很漂亮。晚餐我们喝了自己买的酒，非常上口、解乏，这一晚大家都睡得特别香。

2009年4月6日于贵州省仁怀县

再相逢，百里杜鹃花

再赏百里杜鹃的计划在一周前就开始策划了，准确地说是在一年前就有了这次行动的动机。去年的“五一”小长假只看到了小杜鹃，大杜鹃已经过了花期，今年一定要弥补这个遗憾。

原计划3辆车12人，没想到临出发时又多了2辆车，共5辆车19人。我们沿着去年的路线：重庆—遵义—金沙—百纳（百里杜鹃景区）—大方—叙永—泸州—重庆，全程980千米。

早上7：40我们就出发了。一路上大家在对讲机里调侃，谈笑风生。中午1时，在距景区58千米处大家肚子饿了，于是在路边找了一片草坪，把各自车上带的东西拿出来过了一次集体生活，野餐食物十分丰盛，大伙吃得特别开心。

菜足饭饱后继续赶路。原计划下午3时到景区，结果我们在新毕镇的三岔路口不知是GPS犯了错误还是我们看错了方向，走岔了路，花了一个小时重新返回路口，到达景区已是下午4时。

进入景区，走下小车，啊，太美了！进门时留下的不愉快心情霎时被驱赶得无影无踪。去年，我用了“歌如潮，花

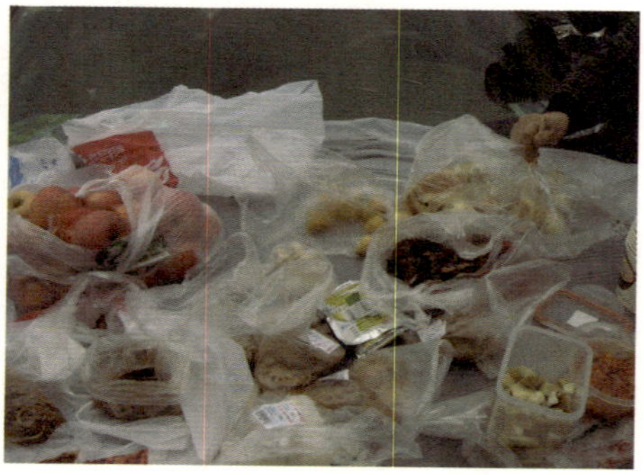

丰盛的野餐

如海”来赞叹小杜鹃，今年已想不出更好更美的词句来形容眼前的大杜鹃。大杜鹃也称高山杜鹃，50余平方千米的花海、彩带、花的世界，无法用语言来形容这壮观的景色，再好的形容词此时此刻都显得是那样的苍白。

山上的杜鹃树都有上百年的生长史，全是野生、自然的，树干直径都超过10厘米，有一人多高，花朵有拳头般大，大杜鹃真是名不虚传。杜鹃遍布在周围大大小小的山上，延绵的杜鹃山一眼望去就是花的海洋。听旁边的导游介绍，如果要将这些杜鹃移栽到别处，哪怕就在临近的山头，它们都拒绝开放，周围的区乡都尝试过，均以失败告终。传说这是因当年红军的鲜血把它们浇灌，所以才开得那样鲜艳，那样地热恋这片土地。

我们沿着蜿蜒的迎宾道走向花海深处，一朵花是一个景，一树花也是一个景，一片花更是无法形容的美景。同伴们争先恐后地摆着姿势与花比美，这边快门还没有按下，那头又是一阵惊呼，大家高兴得像蝴蝶一样，在花海中飞来飞去，恨不得把每朵杜鹃花、每棵杜鹃树、每片杜鹃林都拍下来，让那色彩斑斓、千姿百态的美景尽收在自己的相机里，映在

大杜鹃

小杜鹃

美丽的杜鹃花

满山的杜鹃花

脑海中。这时朋友小周突然引吭高歌：在那桃花盛开的地方……歌声一出，大家急忙提醒她：是杜鹃，不是桃花！她马上改动歌词：在那杜鹃盛开的地方……在大家开怀大笑中我茅塞顿开，原来如此美景还可以用歌声来赞美啊！

不知不觉太阳已西斜，不知是花将天映红，还是夕阳将大地照亮，天地间一片红霞。百里杜鹃，地球的彩带，我为你陶醉，为你感叹，为能够再度欣赏你这美轮美奂的天下奇观而感到无比的幸运。

2009年4月12日于重庆

心之所往，妩媚的月亮河

组织人员，购买食品，经过一周的筹划，3 辆车 15 人终于在 7 月 19 日早上 8 时向贵州省桐梓县的月亮河进发了。

月亮河说是一条河，其实枯水期只是一条小溪。由于这里还没有被人工雕琢，仍处于原生态，因此溪水清澈透底，十分洁净，是一个理想的野炊和游山玩水的地方。

天一直下着小雨，队员们的情绪非但没有被雨天影响，反而个个脸上充满阳光，一路谈笑风生，两个小时的车程后我们顺利到达目的地。

雨越下越大，越下越密，原计划是将食物搬到沟里进行野炊，现在看来得调整计划。在上次住过的农家乐，我们向老板借了一个草棚，草棚位于小溪边，四周是敞开的，既遮住了雨水，还很适合搞野炊。在我的一声令下，队员们立即行动起来，搭灶、劈柴、烧火、提水、切菜、和馅、包饺子，15 个人每人都有自己的事干，人人都有绝活，个个都在当家，七嘴八舌，热闹得像一窝麻雀。大家边做边吃，吃得津津有味。奇怪的是，同样的东西今天怎么这么香呢？！

我负责熬稀饭，用的是高压气化炉，直径 26 厘米的锅满实满载，只用了大半罐气就把稀饭熬好了。稀饭里放了从农

包饺子

熬稀饭

家地里现摘的冬苋菜，揭开锅盖，只见那绿油油的一锅稀饭热气腾腾，整个草棚都飘散着清香味。队员们都称赞我的冬苋菜稀饭熬得好，我很得意。

天助我也！吃饱肚子后天空开始放晴，太阳从乌云中露出笑脸，一束束阳光射向大地，本来就十分清新的空气再带点雨沫，让人顿时心旷神怡。队员们一个个欢天喜地，沿着月亮河向沟的深处游玩。

上次来时走了一小时左右，没有见到人，不知道这条沟到底有多长？今天遇到从沟里出来的学生，从他们的口中才知道大山深处有一个村，40多户人家200多人，完全是靠最原始的劳作方式生存。孩子们读书必须走到镇上，住读，一周返一次家，回一次家要走三四个小时。今天是周末返校，我们和山里的孩子们一起合了影，并给他们每人一些零花钱。

月亮河水很浅，几个男士脱掉鞋，卷起裤管跳到水里捉螃蟹。螃蟹虽然不大但很多，惹得女士们都想跳下去一展身手，在岸边哇哇直叫。河两边到处都是叫不出名的野花、野果，煞是好看。大胆的男士直往嘴里塞野果，嘴边、脸上染上五颜六色的果汁，成了京剧大花脸。女士们则忙着拍照，各式各样的服装和各种各样的姿势全都派上了用场。

这样走走停停，下午两点半我们来到了沟的尽头，也是月亮河的发源地——一个大峡谷。山上以灌木为主，植被很好，保持着它最原始的风貌。沟里野花、野草散发着沁人肺腑的香气，弯弯的小溪陪伴着崎岖的山路，潺潺的流水在石头缝里歌唱，牛羊自由自在地徜徉在草地上，雪白的鹅成双成对地在沟里拍水嬉戏，花丛中的蝴蝶漫天飞舞，好一派田园风光！两个小时的行走好像还没有累着，见到这世外桃源般的景色，大伙儿像疯子一般，纷纷寻找着自己的向往之处。

集体合影

月亮河用它这一原生态的美景洗去了我们一周的忙碌和疲惫。

2009 年 4 月 19 日于重庆

寻找野趣

水上极乐世界——中国死海

地球北纬30°，中东出现死海，埃及发现金字塔，大西洋有个神秘的百慕大三角，而在四川省遂宁市大英县，同样地处北纬30°，奇迹再次出现，人们发现了巨大的内陆盐湖——中国死海。

中国死海是在2002年开发房地产时意外发现的。

死海面积超过132平方千米，盐储量高达42亿吨，形成于1.5亿年前，它与中东死海的地质构造极为相似，是一种

中国死海全景

地下的古海水。这种古海水含有40多种矿物质，比海水的矿物质含量还要多，含盐量达22% ~ 25%，古海水出口温度87℃。大英县政府充分利用这一自然资源，修建了一个水上游乐园。

死海景区主要分为两大部分：室内与室外。水上娱乐项目在室内，盐湖池漂浮室内室外都有。在盐湖池漂浮，人体不用借助任何器材就可非常自然、非常放松、非常飘逸地躺在水面上，放心地睡大觉，前面享受着日光浴，背面享受着海水浴。我试着拿着小说，头枕着海水，完全可以毫无顾忌地品味书中的内容。

最神秘也是最有情趣的是黑泥馆。黑泥馆设在室内，男女分馆。馆内池水很浅，约有30厘米，黑泥呈稀糊状且很细腻，来自地下3000米。进池前一定要有思想准备，因为按照规定不论老少都必须全裸下池。当我的脚一跨进池子，才发现黑泥的盐分比盐湖池还要高，几乎达到饱和状态，人在泥水中轻飘飘的，必须小心，动作要尽可能缓慢，仰躺下后两手肘紧靠池底，否则，一不小心就可能翻转过来，来个真正的嘴啃泥。黑泥里含有多种矿物质，可洁肤、美容、杀菌、消炎、去死皮等。如果说在漂浮池里人像泡在水里的盐蛋，那么在黑泥池里人们就像一个个包好的皮蛋，除了两只眼睛在闪光，其他地方都是黑乎乎的一片。泡完黑泥后我发现身上的皮肤如锦缎，细嫩光滑。但由于含盐量太高，浸泡的时

在冲浪池冲浪

间不宜超过半小时，否则会对人体不利，至少会引起皮肤细胞脱水。

泡完盐湖池后，还可以到室内馆玩耍。室内馆的水上项目有十几种：环岛自由泳、空中滑水道、大吊桶冲击……但最富激情的是冲浪。冲浪池很大，可容纳上千人。池子里的水由浅至深，会水和不会水的都可站立其中。池子的正前方是海浪生成的地方，人们利用电动力将水掀起，制造成人工海浪。今天气温高达39℃，又是暑假，到冲浪池的人特别多，水面上人头攒动，就像一大锅下满的饺子。海浪的力量把大家推上两三米高的水巅，人们手拉着手，欢呼着，尖叫着。随着啦啦队有节奏的哨声，海浪与人浪、浪声与笑声一波接着一波，场面十分火爆、刺激。此时的我完全没有了年龄的顾忌，与年轻人一起在水中忘情地疯狂。

在死海，时间跑得很快，不知不觉，一天就过去了。

中国死海，神秘的北纬30°，那特殊的地区、特殊的水质和那丰富多彩的水上娱乐项目深深地吸引着我，让我仿佛又回到金色的童年。

2010年8月20日于重庆

时间荒野中最具汉族特征的人

贵州安顺，因为有世界著名的大瀑布——黄果树大瀑布而蜚声海内外。其实，它还有两个地方——平坝县和镇宁县，一种文化——屯堡文化，在现在的中国是独一无二的。

明洪武十三年（1380年），云南梁王巴扎刺瓦尔反叛，朱元璋派遣30万大军平叛。经过3个月的战争，梁王被打败。叛乱平息后朱元璋为了稳定西南，决定将30万大军留下，并将其妻儿老小移民西南，这就是600多年前有名的“屯军为民，垦田为生”的人口大迁移。

30万大军主要由安徽、江苏、江西、湖北、河南的人组成。

600多年来，随着世事的变迁，其他地方的屯军逐渐与当地融合、同化了。只有这里，仍然保留着600多年前的模样。

走在屯堡的街道上，只见来来往往的妇女都身穿宽衣大袖的右开襟长袍，或青色或蓝色或绿色或白色或藕荷色，领口、袖口和衣襟处镶嵌有花边，长袍外面又穿着较短的码裙，腰间系着色彩斑斓的丝绸腰带，头上包着或蓝或白的帕子，帕子上再覆着一张色彩迥异的头巾，头的两鬓梳了两绺在耳畔，成凤头状，中顶分两道发路，中间又梳成独立的一绺。腕戴银手镯，耳吊银质玉石耳坠。脚穿尖顶平底绣花鞋。

屯堡一角

屯堡男人的服饰以对襟短衣和长衫大襟为主。对襟短衣从中系扣，俗称“三个荷包”，因在右上胸前和两个下摆各有一个口袋而得名。对襟短衣一般用青、蓝、白布加工而成，钉5颗或7颗布疙瘩纽扣。穿长衫时，头包青布头帕或毛线头帕，腰系青布腰带。所穿的裤子裤腰和裤脚十分宽大。夏天，穿草鞋或布鞋，着短衣；冬天着长衫，穿布帮皮底钉子鞋。这种传统的钉子鞋形同战靴，俗称“战要鞋”。这种“战要鞋”既有保暖作用又具防滑功能，穿上这种战靴，屯堡男人显得威武雄壮，精神抖擞。

屯堡人的这些衣着服饰完全沿袭着600多年前江南人的生活习俗。而屯堡民居的最大特点就是对石头的广泛应用。房顶用片石当瓦，墙体用石头砌成，街道用石板铺就，其他劳动工具和生活用具大多用石头做成。在屯堡，石头被用到了极致。这些石头砌成的房屋大多遗留有江南和华东四合院、三合院的风格。

这些民居的另一特点就是军事用途：窗口开口很小，不宜翻越；门墙上留有“十”字枪眼，里面看外面视野宽阔，外面看里面，只能见一条缝；门框很低，有“一夫当关，万夫莫开”的功效；巷道很窄，适合防御而不适合进攻；等等。

更为惊奇的是，屯堡人的语言至今还保留着北方语音的

门墙上的“十”字枪眼

特点，而从屯堡人的花灯曲调中又可以听到江南小曲的韵味。600多年来，为什么屯堡人能够将古汉民族的特征如此完整地保留下来呢？有人研究后认为，安顺地区虽然地处云贵高原，但地势相对比较平坦，充沛的雨水、温暖的气候、发达的交通，使这些人完全能够自给自足，再加上这里高度密集的屯

堡群落，聚族而居，自成体系，完全可以不与外界交往便可生存繁衍。而且，30万大军及其家属都是来自当时经济文化比较发达的中原和江南地区，他们是明王朝开疆拓土的功臣，是征服者、占领者，特殊的社会地位使他们产生了一种强烈的自豪感和优越感，因此，他们死死固化着自己的信仰、习俗、语言等，进而将这些具象相互影响、相互聚合而保存了下来。600多年来，中国其他地方的汉民族经过明朝、清朝以及外国列强的入侵和西方思想文化的影响，已经发生了很大的变化，而屯堡人成了中国古汉族最忠实的守护者。

据说，曾经有人在采集我国56个民族的特征符号时，汉民族的就是以屯堡人为模特的。

屯堡的景点中，天龙屯和本寨保护得比较好，看点很多。走进天龙屯，迎面就是一处明代驿茶坊，两位身着明代服装的妇女当街煮茶，老式的灶具、粗糙的陶碗，在友好的欢迎声中，热气腾腾的本地茶热情地送到我们面前，免费品尝解渴，让我们立刻就进入到600多年前的生活场景中。

本寨面积不大，但屯堡建筑格局保存最完整：四合院、三合院、狭窄的巷道、石片瓦的房顶、高耸的碉楼等。本寨的四合院、三合院大多有垂花门楼、朝门、正房、厢房。朝门成雄伟的“八”字形，门前悬有门头，门头上雕有花柱或面具等装饰品。正房高大雄伟，厢房紧靠正房两边排列，正房、厢房大多是木板墙，窗棂、门簪上雕刻着不同的图案。

热气腾腾的茶水款待客人

四合院内

四合院、三合院中间的院坝都很宽敞，所有建筑的形式都是江南四合院、三合院的再现。

在屯堡游览，完全是一次汉民族文化习俗的洗礼，对于我这个地地道道的汉族人来说，倒还成了新鲜事。

2014年6月10日于贵州省安顺市

千年古城——阆中

大嫂利用暑假带着孩子从北京来重庆旅游。我们陪他们把重庆的主要景点游得差不多了，但孩子游兴未了，于是决定再去四川东北部的阆中和蓬安走一遭。

阆中地处四川东北部、嘉陵江中游。公元前330年左右即战国时期，雄居川东北、重庆、三峡一带的巴国曾迁都阆中。

三国时期，刘备的结义兄弟张飞曾镇守阆中7年。

清顺治时期，四川省的临时省会设在阆中，时间长达10年。算起来阆中建城已有2300多年了，历史文化悠久，被称为古城一点都不为过。

阆中还因为古城形制完整且保护很好，被誉为全国四大古城（云南的丽江古城、安徽歙县的徽州古城、山西的平遥古城和四川的阆中古城）之一，是国家5A级景区。

到了古城，老伴陪大嫂一家逛古城的街道、领略古城的风土人情和品尝古城的特色小吃。我因曾来过古城，便一人来到汉桓侯祠和川北道贡院游览。

汉桓侯祠也是人们说的张飞庙，是三国时期蜀主刘备的结义兄弟张飞的纪念庙宇。张飞在此驻守多年，后与刘备为

古城风貌

关羽报仇征伐东吴，出发前被其部下张达、范疆杀害，将其首级割下拿到东吴领赏去了，身体被人们埋在阆中。后人因仰慕张飞的名气和在阆中的善行，从而在这里建祠作纪念。我在庙内转了一圈，感到和其他庙宇区别不大，再加上对张飞这段轶事多少有些了解，因此没有引起我太大的兴趣，反而是川北道贡院让我眼界大开。

贡院，封建社会向皇帝贡献人才的考场。自从隋炀帝施行科举考试录用人才以来，历朝历代均沿用这一制度选拔人才。川北道贡院就是清朝初年，阆中代行临时省会时而设立的考棚，因此也叫四川贡院。

“义”当头的汉桓侯祠

川北道贡院内设有考舍、考务室、监临、致公堂、斋舍等考试设施，是目前全国唯一能够看到全貌的中国古代乡试贡院，也是保存最完好的一处高等级科举考场。

川北道贡院旧址

在川北道贡院内我看到延续了1300余年的科举考试制度对中国的社会结构、政治制度、教育、人文思想的影响。川北道贡院对阆中的影响也是巨大的，据说整个阆中前后出了4个状元、116个进士、404个举人，堪称状元之乡。虽然4个状元都诞生在清朝之前，但文风炽盛却是一脉相承的。

在贡院游览，我看见不少年轻人模拟着旧时的考试场景，正襟危坐在考舍里答题，旁边还有监考官正儿八经地履行着职责，答题完后判卷，最后举行文凭颁发仪式。虽然举人、解元满天飞，大家都是在嘻嘻哈哈中度过，但娱乐中体会到中国一千多年里无数人梦寐以求的目标，也不失为一种有益的体验。

看到年轻人在那里高兴，我的心也痒痒的，想到尹枢（阆中四状元之一）中状元时已经70岁高龄了，我与他相比还年轻，于是壮着胆子走进考舍，装模作样起来，自然，第一名非我莫属。当与老伴他们会合时我冷不丁拿出刚获得的“解元文凭”，他们先是一怔，继而便是一阵哈哈大笑。

2014年7月25日于四川省阆中古城

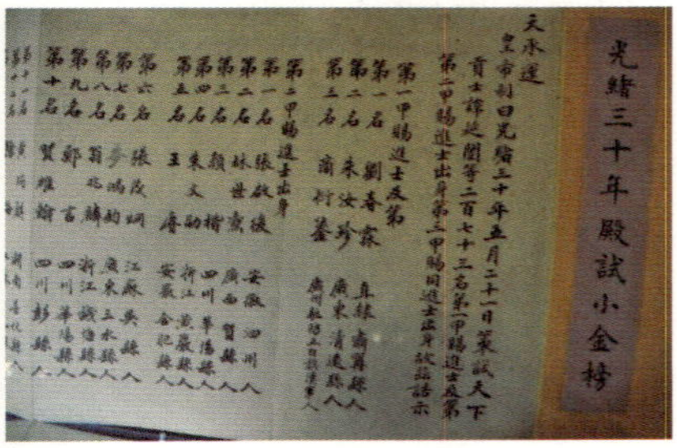

光绪时代的小金榜

愿得一人心，白首不相离——司马相如与卓文君

四川蓬安，一个名不惊世、貌不惊人的小县城，许多人可能连名字都没有听说过。但若提起这座县城曾经出的一个人——司马相如，人们可能就不陌生了，因为他与卓文君那如歌如泣的爱情故事几乎无人不知、无人不晓。

游完阆中，又到蓬安，再次重温司马相如与卓文君的故事。司马相如出生于约公元前179年的成都，但生活在蓬州

蓬安县相如镇

即今天的蓬安，与卓文君的故事就发生在这里。

司马相如的父亲是一个小生意人，因此，家境并不宽裕。司马相如从小口吃，与人交往很困难，于是便把自己关在家里看书，与书籍为友。人们常说，上天关上了你的一扇门，定会为你打开一扇窗。司马相如因为潜心读书和钻研学问，在辞赋方面造诣很深，而且在学习之余还抚琴弄剑，学习书法，琴艺和书法同样精湛，小小年纪便远近闻名。

汉景帝时，梁孝王刘武得知司马相如的辞赋才能后，将其招至门下，司马相如为了表示谢意，特作《子虚赋》一首赠梁孝王。后人对《子虚赋》的评价是，此赋极铺张扬厉之能事，辞藻丰富，描写工丽，散韵相间，是汉代汉族文学正式确立的标志性作品。梁孝王见后十分高兴，以自己收藏的“绿绮”琴回赠。“绿绮”是一架传世名琴，琴内有铭文曰：“桐梓合精”。司马相如得“绿绮”后，如获珍宝。他精湛的琴艺配上“绿绮”绝妙的音色，使他更是名噪一时。

正是这篇《子虚赋》，让同样喜欢辞赋的汉武帝刘彻见后直叹息不能与作者同时代，当得知其人还在时，大喜过望，马上召见并拜为郎，后又拜为中郎将。司马相如的命运由此发生彻底转变，才华得以施展，其传世之作像大河奔流一样汹涌而出，如《上林赋》《大人赋》《长门赋》《美人赋》等。

司马相如在辞赋上的成就，被人们誉为“赋圣”“巴蜀第一才子”。司马迁在《史记》中为文学家立的传只有两篇，一篇是《屈原贾生列传》，另一篇就是《司马相如列传》。而且，《司马相如列传》的篇幅大约相当于《屈原贾生列传》的六倍，足见司马迁对司马相如的认可程度。鲁迅在《汉文学史纲要》中把司马相如和司马迁两人放在一个专节里评述，认为武帝时文人，赋莫若司马相如，文莫若司马迁。中国现代文学的奠基人对司马相如如此评价也道出了司马相如在辞赋上的地位无人能撼动。

古镇风貌

然而，这么一个奇才当初却因为怀才不遇而穷困潦倒。梁孝王去世后，司马相如失去了赏识他的人，经济也没有了支撑，一下孑然一身，两手空空，走投无路之下只好去投靠在临邛（今天的邛崃市）作县令的朋友，暂时有了栖身之地。

在临邛，无所事事的司马相如听说当地巨富的女儿卓文君琴棋书画样样精通，而且是“眉色远望如山，脸际常若芙蓉，皮肤柔滑如脂”的绝色美女，便心生爱意，于是托朋友接近巨富，找机会接触卓文君。功夫不负有心人，司马相如终于等到了机会。一次巨富宴请朋友，司马相如随朋友前往并带上他心爱的“绿绮”。宴席上司马相如一曲绝妙的《凤求凰》打动了卓文君的芳心。

其实，卓文君早就听说了司马相如其人，只是无缘相见。今天只见儒雅中还带有几分英武之气的司马相如向着自己直奔而来，早已按捺不住那颗怦怦跳动的心。因此，当父亲强烈反对这门亲事的时候，她毅然决然地做出了一个惊世骇俗之举——与司马相如半夜离家私奔。想想看，这是在妇女必须遵守三从四德（未嫁从父，既嫁从夫，夫死从子；妇德，妇言，妇容，妇功）的2000多年前的中国封建社会里，卓文君能够如此冲破封建礼教和世俗观念的束缚，需要多么大的勇气啊！不仅于此，当他们私奔到成都后，生活无着落，卓文君居然在街边开起一家酒肆卖酒度日，一个巨富之女，为了爱，从千金小姐变为小生意人，反差之大，恐怕今天的人们也没有几个能够做到。

当司马相如在汉武帝的器重下春风得意之时，一个颇有几分姿色且家境不错的女子进入了司马相如的生活。为此，司马相如特写信告诉卓文君：“一二三四五六七八九十百千万。”聪明的卓文君读后泪流满面，一行数字中唯独少了“亿”，无

相如镇鸟瞰

“亿”岂不是夫君对自己已经“无意”的暗示吗？卓文君看懂了夫君的意思，为了留住夫君且又不损伤夫君的自尊和自己的尊严，一封《怨郎诗》发给了司马相如：

“一朝别后，二地相悬。只说是三四月，又谁知五六年？七弦琴无心弹，八行书无可传。九连环从中折断，十里长亭望眼欲穿。百思想，千系念，万般无奈把郎怨。万语千言说不完，百无聊赖，十依栏杆。重九登高看孤雁，八月仲秋月圆人不圆。七月半，秉烛烧香问苍天，六月三伏天，人人摇扇我心寒。五月石榴红似火，偏遇阵阵冷雨浇花端。四月枇杷未黄，我欲对镜心意乱。忽匆匆，三月桃花随水转。飘零零，二月风筝线儿断。噫，郎呀郎，巴不得下一世，你为女来我做男。”

卓文君既没有拼死拼活地死缠烂磨司马相如，也没有呼天抢地地自寻短见，而是在平静之中晓之以理，动之以情，唤醒醉梦中的夫君。

卓文君以她的智慧获得了她所期望的结果，司马相如对这首由数字连成的诗一连看了好几遍，越看越感到惭愧，越觉得对不起对自己一往情深的妻子，终于下定决心断绝与女子的来往，亲自回乡，用驷马高车把卓文君接去长安。

在以后的日子里，生活上两人相敬如宾，相濡以沫，事业上卓文君以自己的聪明才智协助司马相如处理政务，演绎出一曲“世界十大经典爱情”之首的绝唱。

垂暮之年的司马相如两眼含情脉脉地望着怀中的卓文君，道出那句千古流芳的名言：“愿得一人心，白首不相离。”3年后，司马相如便随卓文君绝尘而去。

亲临故地重温司马相如和卓文君的故事，让我再次心生深深的崇敬。

2014年7月27日于四川省蓬安县

水牛的浪漫——观蓬安的百牛渡江

四川蓬安县的百牛渡江是一大胜景。

百牛渡江的地点在蓬安县相如镇的油房沟村。

每天清晨，上百头水牛在头牛的带领下，依次下水横渡嘉陵江，到江心的一座小岛上吃草、歇息，傍晚又从小岛渡江回到牛栏，每天如此往返，长年乐此不疲。

为了观看这一胜景，我们早早地就从宾馆出发，开车20分钟左右来到江边，当我们到达时已经有很多人等候在那里了。早上8时整，管理人员打开牛栏，水牛们便像士兵一样，一头接着一头，依序走到江边，没有插队，也没有拥挤，安安静静地走进江里。只是有些顽皮的小牛崽蹦蹦跳跳地到处乱跑，当母牛走到江边时回过头叫几声，小牛崽便循声跑到母牛身边。

水牛们有条不紊地开始下水

在横渡的过程中，头牛不时地回头看看队伍，调整着自己的速度，让队形保持不变。小牛崽一般都游在母牛的后面，奋力地划着水，动作还有些不太协调。母牛时不时回头看看小牛崽，看小牛崽是否跟上队伍了。如果看见小牛崽离得远了，母牛便停下身让小牛崽游在前面，并用嘴拱一拱小牛崽，示意小牛崽游快一点。小牛崽立即反应，扑腾得更加卖力。小牛崽的这些萌态让我们这些观众情不自禁地发出阵阵笑声。

水牛会水，这是天生的，不像人类需要学习训练。只见众多牛头浮在水面，神色不慌不忙，嘴里不喘不息，优哉游哉，满满的全是自得、自由、自在。

远远望去，一支庞大的队伍在水中蠕动，就像一条巨龙游走在水中一样。队伍越游越远，牛头攒动，逐渐变成闪动的黑点。当头牛上岸后，最后的牛还在江中央。头牛没有立即跑到岛上霸占一块地自顾自吃草，而是等在岸边，当最后一头牛上岸后才长叫一声，尾随着最后那头牛走上小岛。

水牛们上岛后便各自分散，吃草的吃草，歇息的歇息，充分享受着属于它们的那份惬意。那些无忧无虑、活泼可爱的小牛崽们相互追逐打闹，给宁静的小岛增添了几分生气。

江中岛是由2座小岛——太阳岛和月亮岛组成，岛上无居民，没有种庄稼，每年只有夏季发洪水时被淹没，其他时间都是水草肥美，安静自然。这里成了水牛们的天堂。嘉陵江因下游建有电站，加上小岛将江水分流后水流不急，江水比较平缓，让水牛们少了几分危险。

江边是山坡，游客随便找个地方一站就可以把百牛渡江

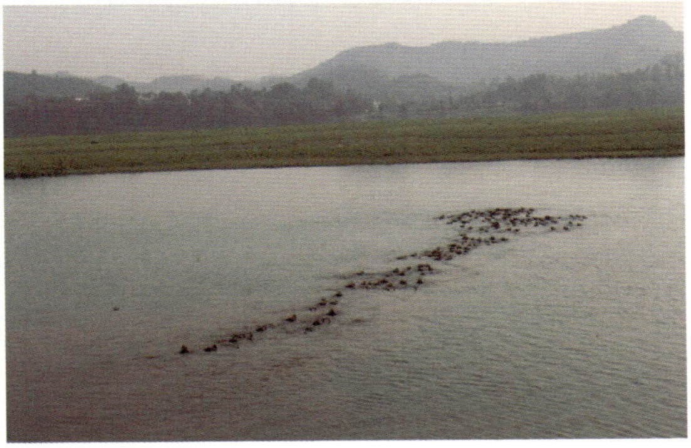

队伍在行进中

整个过程看得清清楚楚，如果再配上望远镜，细枝末节处便可以让你尽收眼底。

管理人员介绍蓬安以前没有百牛渡江一说，只是江边一些农户的耕牛的自发行为。旅游事业兴起后，不知是谁的脑洞大开，将这里附近的耕牛在农闲时集中管理起来，开发出这样一个旅游项目。应该说这是一个颇为新奇且地方特色十分鲜明的创意，值得称道。

观看“百牛渡江”给了我两点启示：

第一，牛群表现出的守纪律、讲团结的集体主义精神，值得我们人类学习。

第二，在今天这样一个时代，不是赚不到钱，而是脑洞

头牛带领着群牛上岸

没开，没有找到赚钱的方法。

2014年7月28日于四川省蓬安县

成都老街　烟火尽染

成都，四川省省会，因地处四川盆地中央、成都平原腹地，地势平坦，气温不冷不热，雨水充沛，再加上都江堰对水的调节，使这里的劳作轻松而物产丰富、品种繁多，人称“天府之国”。生活在这里的人们长期以来吃穿不愁、生活无忧，小日子过得很舒坦。浸润在这样的环境下，培养出成都与别的城市显著不同之处——慢生活，性格慢、语速慢、生活节奏慢。而最能体现这一特点的地方，莫过于成都的宽窄巷子和锦里。

我已几次来此体验过了，今天又有了新感觉。

宽窄巷子位于成都市青羊区长顺街，由宽巷子、窄巷子

人流如织的宽巷子

和井巷子3条街区组成。

走进宽窄巷子，你会发现这里坐落的全是四合院和茶肆，每个四合院和茶肆虽然大小不一，装潢有别，但里面的格调都惊人的相似，即靠背椅加麻将桌。试想，在这样的地方坐下来，你不想“慢”都困难。只见三五成群的人或斜靠着在那里神吹“龙门阵”，或聚精会神于“围城”之中，或对饮于二人世界里，或手捧一杯茶一个人坐在那里发呆。看样子，在这里泡上一两天，你都不会感到寂寞、无聊和无趣。

即使不坐下来，那些吆喝着掏耳朵的、讲评书的、玩杂耍的……也会让你的脚步“慢”下来。掏耳朵那种麻酥酥的快感让你一掏就如坠五里云雾；听听李伯清式的侃山更是让你天南地北找不到方向；杂耍则可以让你痴迷如小孩一般……

慢聊

如果“慢”饿了，这些四合院里全是川味十足的餐饮，家庭式的格调，色、香、味浓郁的各式菜肴和清一色的四川话，能够充分满足你足不出户对正宗川味的追求。

能让人浑身麻酥酥的成都一绝——掏耳朵

听到旁边一位带着一群游客的导游讲解：“逛宽窄巷子，就是体验成都人的慢生活。”此话看来真的一点不假。

尽管四合院里全是川味饮食，但真正地品川味小吃还是应该去锦里。锦里位于成都市武侯祠大街231号，属武侯祠博物馆的一部分，街道全长550米，是一条复古后的“古街”。

在这条街上，浓缩了成都生活的精华：有茶楼、客栈、酒楼、酒吧、戏台、风味小吃、土特产等，特别是四川餐饮名小吃区，集中了最具四川特色的各种名小吃，现场制作，新鲜本味。如三大炮、牛肉焦饼、黄醪糟、牛肉豆花、三合泥、糖油果子、酸辣肥肠粉、钵钵鸡等。据说，到了成都不去锦里吃小吃会终身遗憾。

我们这一行人中女士占多数，都是些“好吃嘴”，走在这条街上已经闭口不谈减肥的话了，大家叽叽喳喳着东家吃一点西家吃一点，积累起来胃已经撑不住了，可就是这样也还只吃了这条街的一小部分。实在是不能再吃了，大家才万般无奈地告别锦里。走出大门，几位意犹未尽的女士口中还念念有词：找机会再来。

锦里的人流

一天的时间，只逛了两个地方，成都好玩好吃的太多。今晚好好休息，养精蓄锐，明天再上新“项目”。

2015 年 3 月 25 日于四川省成都市

在上里古镇体验川西民俗

上里古镇属四川省雅安市雨城区管辖。上里古镇以前叫“罗绳”，居民主要为青衣羌人，后来随着移民的大量迁入，逐渐统一为汉文化。由于交通不便，信息不灵，这里比较封闭，因此古镇民居保存还比较完好，民风民俗受外界的干扰不大，还十分淳朴。

上里古镇是“南方丝绸之路”的重要驿站。“南方丝绸之路”以四川为起点，经成都平原进入云南的昭通、曲靖、大理、保山、腾冲，从德宏进入缅甸、泰国，最后到达印度和

古镇一角

中东地区。上里古镇正好位于平原和山区之间，是来往商贾的重要物资交换和歇息地。

1935年，中国工农红军在长征途中曾两度进入古镇休整和建立苏维埃政权，时间长达半年之久，为古镇留下众多的红色印记，现在保护得都很好。

走在古镇的街道上，石板路、青瓦房、木板墙，穿着对襟服装的乡民，满街闲逛的鸡、鸭、鹅和横躺在路中央晒太阳的狗，时间似乎倒流回到明末清初。

临街店铺店面大多很小，卖的是农业生产资料、农副产品、服装、家用电器等。城里已久违的打铁铺、剃头铺、缝

红军留下的标语

纫铺……在这里生意还十分兴隆。

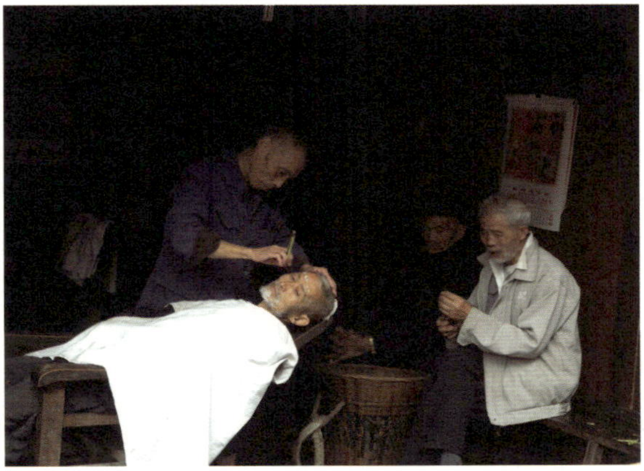

传统的剃头铺

我们到时正逢赶场天，集市里人山人海，挤得水泄不通，叫卖声通过喇叭震耳欲聋。山区的土特产和原来的五金家电在这里都找到了去处。我们这群人都是见不得热闹场面的，一见热火朝天的集市就心痒痒，还没有等头儿宣布完集合时间便纷纷一头扎进人群里，消失得无影无踪。我和老伴只好手牵着手在人群中找缝隙，在集市上寻觅感兴趣的东西。当一个半小时后大家从人海中出来，一个个脸上喜笑颜开，背上、手上都有收获，小车的后备厢顿时塞得满满的。

在一片开阔地上摆了好几十张饭桌，我粗略地数了数，有四十多桌，经打听是一家姓韩的老爷子举办70大寿生日宴。旁边临时垒起的炉灶里炉火正旺，几个厨师满头大汗地跳着“锅边舞”，几口大锅里翻腾着油浸浸的肉汤，桌

和小工艺大师在一起

上已经摆了七八道菜，色鲜油润，香味扑鼻，让我们这些过客也不禁口水直往肚里吞。几个帮厨的还在整理着食材，看样子菜品远不止这些。已有早到的客人站在一旁等着。

古镇除了大量红军时期的遗迹外，还有不少值得看的景点，如二仙桥，据说是清乾隆初年修建的。石砌单孔桥上爬满了植物，站在桥上，环顾四周，山峦、河、水、田野相映，一幅江南水乡的原生态美景扑面而来。桥下，一个六七岁大的小男孩向过往的游客出售一种用植物叶编制的动物。我们为小孩的技艺赞叹，每个人都情不自禁地掏出钱，把他已经编制好的一下买光了。

雅安有“雨城”之称，因此，古镇还有一大特色就是凉爽。对于我们这些处在火炉之中的重庆人来说，凉爽之地的诱惑实在是太大了，说不准哪一天我们将再次光顾这座川西小镇，从另一个角度感受它的另一种魅力。

2015年3月28日于四川省雅安市

绮丽的“雅西高速”

今天的目的地是四川省西昌市。

离开雅安后，小车便行驶在“云端上的高速公路”上。

雅西高速，起点为雅安市，终点是西昌市，全长240千

犹如上天揽月的天梯

米，是北京到昆明（G5）高速公路的一部分。这条高速公路由四川盆地边缘向横断山区爬升，每走1千米海拔将提升7.5米。整条线路展布在崇山峻岭之间，而且要横跨青衣河、大渡河、安宁河等多个水系以及12个地震断裂带。据资料介绍，雅西高速被称为一条建在地形条件极其险峻、地质结构极其复杂、气候条件极其多变、生态环境极其脆弱、建设条件极其艰苦、安全运营难度极大的地方，且被国内外专家学

者公认为是国内乃至世界自然环境最恶劣、工程难度最大、科技含量最高的山区高速公路。

出雅安后不久，我们便开始领略那6个“极其”和3个

横卧天地间的红色巨龙（锅底凼景点）

“最”了。小车一会儿在谷底跨越大江大河，一座座竖琴式的大桥在车边飞速闪过；一会儿进入半山腰，周围大雾弥漫，只能打着双闪开启大灯摸索着前进；一会儿又奔腾在高山之巅，四周无垠无尘，一片开阔。公路在爬升阶段，小车几乎都是在大山之间行驶，一座桥接着一座桥，一个隧道连着一个隧道，祥云托着小车在山间飞跃。在几处险要地段，两位女士嚷着想拍几张照片，老伴将车停在紧急停车道上，我这个恐高的人根本不敢靠近路沿，只能远远地往下看，几百米

的高程让下面的人影都成了黑点。而到了下坡特别是掩乌山至石棉段，几十千米的路程全是下坡，坡陡弯多，路边的警示牌不断地提醒驾驶员注意行车安全，而不时出现在眼前的避险车道更是直接告诉我们，这段道路艰险难行。3个多小时的车程里，全车人都十分紧张，特别是老伴，紧紧握住方向盘，注意力高度集中。

由于道路艰险，因此也缔造出许多人造景观。如那山间

不断提醒驾驶员的行车标志

的一座座桥梁，就像一座座上天揽月的天梯，悬挂在天间；那盘山而转的双螺旋隧道，犹如一条红色的巨龙横卧在天地间，气势如虹；那一辆辆在山巅奔驰的汽车，就像在空中飞翔一般，在大山里划出一道道闪电。

紧张之余，路边山上的李花、桃花、杏花等各色鲜花加上翠绿的山头以及散布在山野中青瓦白墙的农舍依次映入眼

帘，让我们紧绷的弦得以放松，车轮与路面发出的沙沙声就像轻音乐，枕着这轻快美妙的旋律，大家虽然默不作声但都被窗外这一人间奇迹和壮观美景给震撼了。

从雅安进入雅西高速后，我们睡意全无，一方面是因为

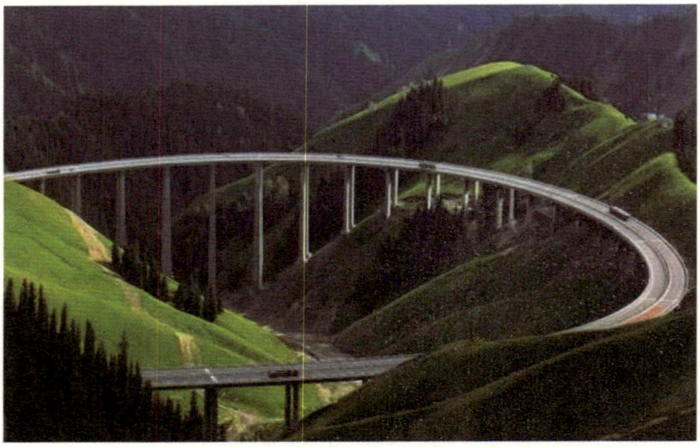

大山深处的美景

陌生的道路险情不断，而且桥隧相连，光线明暗变化剧烈，让人处在不停的适应之中；另一方面是沿途风光秀丽，大自然的美和人工杰作如电影一样，一幅幅生动的画面向我们铺展开来，越走精神越好。

行驶在雅西高速上完全是一种别样的感觉。

2015年4月2日于四川省西昌市

寻你而来——参观西昌卫星发射中心

西昌卫星发射中心对外开放，游客不仅可以零距离地观看卫星发射场、卫星，还可以亲手触摸我国正在运行的长征三号运载火箭。对于广大游客来说，长期以来由于保密而披上神秘色彩的军事重地，对外开放不啻是一个好消息。

西昌卫星发射中心位于西昌市冕宁县泽远乡封家湾，距西昌市区 60 千米。

西昌卫星发射中心又称西昌卫星城，是我国四大卫星发射基地（酒泉卫星发射中心、太原卫星发射中心、文昌卫星发射中心、西昌卫星发射中心）之一，也是我国目前对外开放中

雄伟的卫星发射塔

规模最大、设备技术最先进、承揽卫星发射任务最多、具备发射多型号卫星能力的新型航天器发射场。

自1984年1月发射中国第一颗通信卫星以来，到目前为止西昌卫星发射中心已经进行了近100次发射活动。

每天到中心参观的人不少，我们的车在路上走走停停，特别是要进入中心的时候，小车排成长队，等了好长一段时间才缓慢进入中心。

来到中心后，两部分的参观引起了我的极大兴趣。

一是目睹了雄伟的发射场。西昌卫星发射中心的发射场一共有两个发射塔架。高大雄伟的发射塔架巍峨地矗立在峡谷的底端。这里三面环山，形成一个小盆地。发射塔架处在盆地中央，山上植被茂密，整个发射场十分隐秘。

听工作人员介绍，塔架有11层工作平台，这些平台用于对星箭进行吊装对接、加注燃料和垂直测试。在点火的瞬间，平台与火箭自动分离，固定火箭的螺栓也随即启爆，火箭喷着熊熊烈焰拔地而起，场面十分壮观。

参观者可以走到离发射塔架100米左右的地方参观整个发射场。发射塔架的各个部分都可以看到。身临曾经极度神秘的发射现场，我的心在剧烈地跳动，为国家的科技实力激动、骄傲。

二是可以亲手触摸长征三号运载火箭。在对外开放的技术厂区，横卧着一枚长征三号运载火箭。火箭的各个部分清晰可见，游客不仅可以任意观看，而且还可以触摸。长征三号运载火箭是我国的功勋火箭，承担着我国卫星的主要发射任务，我们所熟知的“探月工程”和“北斗工程”的大部分发射任务都是由它完成的。而且，它还承担着国际合作的任务。许多人带着小孩来这里参观。大厅里，孩子们可激动啦，摸摸这，看看那，围着火箭摸啊，看啊，笑啊，跳啊，摆着各种姿势拍照，有的还在小本子上记着什么，真实的火箭把孩子们的探究欲像火箭发射时的窗口一样完全打开了。站在这个庞然大物身边，亲手触摸着它的身躯，一股强大的力量在全身涌动，自豪感在心里激荡，对祖国的爱由心底里发出并随着人们的赞叹声和孩子们的欢叫声飘向远方。

亲手摸摸，感受它的力量

在中心，有一尊雕像十分引人瞩目，那就是身着双翅的“万户”。“万户”原名叫陶广义，明代人，从小喜欢玩火，长大后先是热衷于炼丹，后改为试制各种火器并献给朱元璋。他在历次战事中屡建奇功，被朱元璋嘉奖封为“万户”，并赐名“成道”。“万户”是世界上第一个想到利用火箭飞天的人，明朝初年，他把47枚自制的火箭绑在椅子上，自己坐在上面，双手举着2只大风筝，然后叫助手点火发射，他想利用火箭的推力和风筝的托力飞天，没想到点火后火箭爆炸，“万户”为此献出了自己的生命。“万户”是人类史上第一个进行载人火箭飞行尝试的先驱。他的努力虽然失败了，但他借助火箭推力升空的创想是世界第一人，被世界公认为“真正的航天始祖”。为了纪念他，世界科学家将月球上的一座环形火山命名为“万户山”。把“万户”的雕像放在中心，我想西昌航天人的目的很明显，就是让“万户”亲眼看看，他未实现的愿望，他的后来人实现了。

从“万户”到今天中国的航天成就进一步说明，中华民族是一个勤劳、智慧的民族。作为这一民族的一分子，我感到万分的荣幸。

人类航天先驱——万户

2015年4月3日于四川省西昌市

北川之殇——
参观北川地震遗址

2008年5月12日，一场罕见的大地震——5·12汶川大地震将古老的北川县城夷为平地，县城1万余人的生命瞬间消失。

地震到底有多惨烈？带着这样的问题，7年后我们踏上了探寻之旅。

我们开车来到绵阳市，在绵阳住了一宿，养精蓄锐并做好充分的思想准备后先参观北川新县城。

由于旧县城已经被彻底摧毁，而且处在地震带上，不宜再作建设，因此，新县城选址在离旧县城不远的安县境内。新县城一派崭新的气象：宽阔的马路，一排排新建的楼房，路边花园里盛开着鲜花，人们脸上洋溢着的安详与幸福向世界展示，北川已从灾难中挺过来了。

在新县城转了一圈后，我们来到旧县城。

旧县城已经被开辟为地震遗址博物馆，完全保持着地震后的模样。

走在旧县城的街道上，两边是一片废墟，房屋基本都倒塌了，即使一些还没有倒塌的，也是横七竖八歪斜在那里，或泡在水里。废墟里有的家具被半掩埋，露出一截，有的倒在地上，周围撒落一地的锅、瓢、碗、盏；电线杆倒在倒塌

老县城地震遗址介绍

的房屋上，残存的电线在风中摆动；一些废墟堆上凸露着各种姿态的水泥板和水泥柱，有的水泥板、水泥柱凭着几根钢筋悬吊在空中。地震已经过去了7年，可这里仍然瓦砾一片，还见不到新生长的树木和杂草。

应该说废墟都是经过清理的，可恐怖的场面依然令人毛骨悚然，幸好我的心脏还比较健康，否则，很难接受这样的刺激。

几处遗址前的说明更是让人不寒而栗。

县公安局遗址说明："遇难人数：28人（原有147人），县公安局办公楼和右侧宿舍倾倒，左侧宿舍楼倒塌……"

县政府遗址说明："遇难职工39人（原有157人，在特大

地震后的残垣断壁

地震摧毁下，县政府办公大楼轰然倒塌，县政府办、人事局、财经办等13个部门被埋……”

县广播电视局遗址说明：“遇难职工8人（原有职工33人）。”

县烟草专卖局遗址说明：“遇难职工8人（原有职工27人）。”

……

特别是景家山崩塌简介让人很难读下去：“突如其来的灾难，造成景家山崩塌，山上200多万方土石倾泻而下，处在这里的粮油加工厂、北川中学新区（原为曲山镇茅坝初中）等单位的房屋瞬间倾倒或被掩埋，造成了很大的人员伤亡。其中北川中学新区被整体掩埋，美丽的校园，郎朗的读书声顷刻间化为永久的记忆，只剩下一个篮球架和仍然迎风飘扬的国旗。”

街道两边各单位的遗址说明和遇难者的遗像以及眼前的惨景，让我深切地感受到7年前的那份伤痛。

在每一处遗像前，我们都含着眼泪为死难者献上一束花。

大自然的残酷无情已经多次将人类推向死亡，地震、海啸、火灾、水灾、瘟疫、酷冷、酷热等不断向人类袭来，但无情的大自然却始终摧毁不了人类，相反，在灾难面前，人类的友情减轻了灾难的危害。一方有难八方支援，人们互帮互助，共赴灾难，共克时艰，区内区外，国内国外一起抗灾。

地震后的北川中学新区

1976 年的唐山大地震，灾后不久一座新唐山便拔地而起，而今天的新北川也昂首挺胸，顽强地再生于大地之上。

大自然的无情也再次告诫我们，自然灾害是客观存在的，今天在此地发生，明天可能在彼地出现，无视它的存在而采取“鸵鸟”的态度或者惧怕它的来临而惶惶不可终日都是错误的、不可取的。正确的做法是认识自然，遵从自然，科学地改造自然，做到预警、预报、预防，把灾难的损失降到最低限度。

离开北川旧县城时，尽管先前已有思想准备，但我俩还是一句话都没有说，默默地走在路上，走了好长好长的路程我的心仍然隐隐作痛，看看老伴，她也是一脸的悲戚。

为死难者献花

2015 年 10 月 1 日于四川省北川县

遇见——记甘堡藏寨的一条义犬

甘堡藏寨位于四川省阿坝藏族羌族自治州理县。甘堡藏寨建在一面斜坡上，其突出特点是所有人家的房屋都是用石头垒筑而成的，各幢石屋毗邻相连，错落有致，自然排列成村落；屋与屋之间有狭窄的巷道，宽的3米左右，窄的只能并肩过2人，巷道的路面也是用石材和鹅卵石铺就而成。

甘堡藏寨就是因为它的石砌艺术而远近闻名。

甘堡藏寨远眺

我和老伴在欣赏这些石砌艺术时，突然发现有一条小狗跟着我们的队伍走，最初以为是某个游客带来的宠物，没有在意，但当我们与其他游客分开后，这条小狗居然跟着我们。我们很诧异，以为它是想让我们给它吃的，如果不给它食物（当时身上确实也没有带吃的），走一段路后就会自己离开。但走访了几户人家后小狗仍然紧跟着我们，而且还会揣摩我们的意图，见我们往哪个方向或者哪户人家走，它要么走在我们前面，似乎是给我们带路，要么在我们之前跑进去转一圈后，见我们进去了便趴在门口等我们，似乎在给我们做安全巡视。我们惊奇极了，上天怎么送给我们这么一个小精灵！

正当我们百思不得其解之时，一个本地导游告诉我们，这条小狗是全寨的明星，全寨的人都认识它、喜欢它，叫它

上天送给我们的小精灵

迎宾犬。不知是哪个游客扔下的，是一条流浪狗。每天，它都定时在寨门口等着，陪着认定的游客在寨子里转，给不给吃的都乐此不疲，并说你们俩和它有缘，肯定会给你们带来好运。导游这么一说，让我们的疑窦消失了，对于是否会有好运我们倒不期盼，但能遇上这样的义犬让我们十分高兴，自然便与它亲热起来。老伴蹲下身子抚摸它，它也摇头摆尾，

准备给它吃的

吐舌弄眼地向老伴撒娇。在以后的旅程里，小狗或带着我们串门，或跟在我们后面保驾，寸步不离，俨然成了我们的宠物。无论我们在一户人家里待多久，它都在门口等着，见我们出来，朝我们轻轻叫几声，摆摆尾，又跟着我们到下一家。就这样，小狗陪着我们游完全寨，当走到寨大门时，老伴见有一个小超市，进去买了几根粉肠，我们一边喂它吃，一边同它玩。

我们曾经也养过一条狗。朋友的狗生了一窝仔，满月后从中挑选了一条纯黑色的给我们，我们非常喜欢，特地为它取名“二妹”。每天给它好吃的，给它洗澡，陪它一起玩，不到一周，“二妹”就非常黏我们，整天踉踉跄跄地围着我们转。但养了两个星期后，由于我们时常外出，带在身边实在不便，便又将其还给了朋友。两年后我们突然想起它，一打听知道就在离我们不远的一条泵船上，于是买了一些它喜欢吃的去看它。泵船离岸边有 10 多米，我们远远看见船头蹲着一条黑狗，估计是它，试着向它呼唤了一声，小狗听见叫它的名字，先是一愣，但很快反应过来，向着我们狂叫，从船头跑到船尾，又从船尾跑到船头，那个兴奋和着急的样子让我们心头一热，它还没有忘记我们！我们搭舢板来到泵船，刚一跨上船，“二妹”一个箭步“嘣”地就跳进老伴的怀里，又是舔老

与小精灵一起玩

伴的脸，又是舔老伴的手，舔得老伴热泪盈眶，跟老伴亲热一阵后，又跳进我的怀里，像小孩撒娇一样亲热。这样反复跳上跳下，让我们感动不已。我们把买来的东西喂给它吃，它的双眼盯着我们，泪汪汪的，嘴里发出“呜呜”声，似乎在埋怨我们：你们怎么这么久才来看我啊！此情此景让我们的心都碎了，老伴流着眼泪不停地抚摸它，它也十分顺从地享受着对它的爱和歉意。两年了，它居然认得我们，还记着我们，这让我们为当初把它送回去而感到十分后悔。从那以后，我们根本不敢再轻易养狗了，因那份离舍之痛太难以忍受。

今天，我们见到这可爱的小精灵，立刻想起曾经的“二妹”，情不自禁地与它一起玩了很久、很久。

小狗一直送我们到了停车场大门才恋恋不舍地转身离去。看见它一摇一摆的背影，我们今天的心情格外愉快。

2015年10月3日于四川省理县

来人正来，倦客未走——走进康定

一首《康定情歌》将康定唱得全国家喻户晓。

康定，四川省甘孜藏族自治州首府。康定地处四川盆地西缘山地和青藏高原的过渡地带，海子山、折多山、贡嘎山纵贯全境，境内高山峡谷，最高的贡嘎山海拔7556米，其他山多数均在5000米以上，康定城就坐落在这些大山之中。整座城由一条河流贯穿，水流湍急，流水发出的声音很大，睡眠不好的人最初很难适应。康定城不大，街道十分狭窄，但阳光充足，整天都处在蓝天白云之下，朵朵云彩随风飘移，明暗之间变化的康定城给人一种朦胧神秘的感觉。

康定的美丽风光很多，如新都桥、康定情歌（木格措）、塔

康定城一角

公草原等，我们选择了到新都桥和康定情歌（木格措）游览。

新都桥被摄影发烧友誉为“摄影天堂”和“光与影的世界”。小车行驶在318国道上，只见道路两旁无边无际的草原，清澈见底的小溪，金黄色的柏杨，安详吃草的牛羊和错落有致的藏寨……天地间完全由蓝色、白色、绿色、金黄等色彩包裹，在阳光的照耀下，汇成无数色彩斑斓、光怪陆离的奇妙美景。我是一个摄影外行，也忍不住掏出手机追着感觉猛拍，同行的女士们衣服换了一套又一套，摆着不同的姿势，在美景中尽情地展示着自己的妖娆。

康定情歌（木格措），海拔2600 ~ 3700米，地处横断山北

新都桥美景

麓，属大雪山脉。

康定情歌（木格措）景区由芳草坪、七色海、杜鹃峡、药池沸泉、木格措、金色沙滩、红海和黑海等景点组成。

芳草坪就像一块艳丽的地毯铺在群山密林之间，芳草如茵，野花遍地，据说《康定情歌》主人公的爱情故事就是从这里开始的。李家溜溜的大姐和张家溜溜的大哥如胶似漆的缠绵让女士们或坐着、或躺着，嘴里哼着那婉转的小调摆着各种姿势拍照，希望能沾点这段人世间最美好爱情的喜气。

而木格措就像一面巨大的镜子摆放在大地上，蓝天白云倒映在湖里，远山也静静地躺在里面，分不清哪是山，哪是水。我来到湖边，用手捧了一捧水想洗洗脸，清凉的水在手心荡漾，洁净得一粒微尘都不见。为了不让外面的尘埃污染了它，我没有让水从我这张历经风雨的脸上流过，而是让其从指缝中又回到湖里。

湖边也是大片大片的草地，马、牛、羊有的悠闲地啃食着青草，有的懒洋洋地躺在草地上晒太阳。我们找了一块地也顺势躺下，用毛巾盖住双眼，闭目，心无旁骛地享受着这一美景。

七色湖被周围的森林、草甸环绕，幽静清雅，湖水就像九寨沟的水一样，呈现出蓝、绿、黄等各种不同的颜色，波光粼粼的湖面给人以无限的遐想。

我们在康定情歌（木格措）玩了整整一天，仍意犹未尽。

木格措美景

七色湖美景

康定实在是太美了，美得令我如痴如醉。我一边游览一边在心里琢磨，正是因为康定有这般美丽的山水，才孕育出如此动人的爱情故事和百听不厌的《康定情歌》。

2015年10月15日于四川省康定市

翻越折多山

从康定到新都桥需要翻越折多山。

折多山是川藏公路即318国道上的第二座高山（第一座为二郎山，因已有隧道贯通，不再翻越，故折多山又成了要翻越的第一座高山）。折多山海拔4962米，垭口海拔4298米，在川藏线上有“康巴第一关”之称。山上积雪终年不化，公路成“多”字形，逐级往山上爬，坡陡弯多，路面结冰打滑，小车行驶必须分外小心，尤其是下山，更是险象环生。

经过九曲十八弯的艰苦爬行，我们终于爬上山顶。山上大雾弥漫，能见度很低，路边立有一块石碑，上面写着：“折多山口康巴第一关海拔4298米”。许多游客不顾高山缺氧，纷纷下车与这块石碑合影，我们也下车和石碑合影并到路边山上玩雪。

重庆的冬天几乎见不到雪，雪对重庆人来说是稀罕物。

在上山的路上

此时一见到雪全队人立刻兴奋起来，有的打雪仗，有的忙着拍雪景，有的摆弄着堆雪人，我则一人爬上一高点，环顾四周，虽然大雾障眼，远处什么也看不见，但欲人欲仙的那种感觉仍令我心旷神怡。

玩了一会儿，大家很快便感到心跳加快，气喘吁吁，甚至头昏脑涨、头重脚轻。自然环境不饶人，大家纷纷回到车里，启动发动机开始下山。

上山难，可下山更难。车轮打滑十分严重，老伴将车速放得很慢，点刹着慢慢下行。因为这是川藏线上的必经之道而且是旅游旺季，路上的车辆很多，几乎是一辆接着一辆，不见头也不见尾，长长的车队蜿蜒着在大山里蠕动。我见左边悬崖下有一辆小车四轮朝天地躺

路边竖立的标志

玩雪

在谷底，看样子是前几天发生的事故。惨祸就在眼前，因此，尽管我们的车速很慢，也没有一辆车敢超车，更没有不耐烦的催促喇叭声。公路上有很多交警在指挥交通，相距不远处停在路边的警车不时发出“注意安全”的警告。老伴紧张得不行，双手紧握方向盘，两眼死死盯住前面，可越是紧张，祸事越容易找上门。突然，老伴惊叫起来：“车刹不住了，怎么办？！”全车人顿时惊慌失措，六神无主，叽叽喳喳但没有一个人能说出什么好的办法来。只见小车越滑越快，马上就要与前车追尾了。我定神一看，这段路面显然比前面的要陡一些，路边沟里已有两辆小车歪斜在那里，乘客都站在路边等待救援。看来用点刹已经不足以让滑动的车停下来，我赶紧叫老伴将刹车踩到底，万幸此时车速不快，小车没有左右乱窜，就在要与前车追尾的瞬间终于停住了。这一惊吓，让全车人都出了一身冷汗。回想起刚才惊险的经历，如果车刹不住，撞上前面的车，后果将不堪设想。老伴吓得瘫坐在座位上，一时回不过神来，直到听见后面车喇叭的催促声才清醒过来，重新将注意力调整到开车上。这样的惊险一路反复出现了好几次，好不容易滑到正常道路，大家才松了一口气。

“康巴第一关”，我们终于闯过来了。

折多山就是以这样的不平凡让我永远地记住了它。

2015年10月15日于四川省康定市

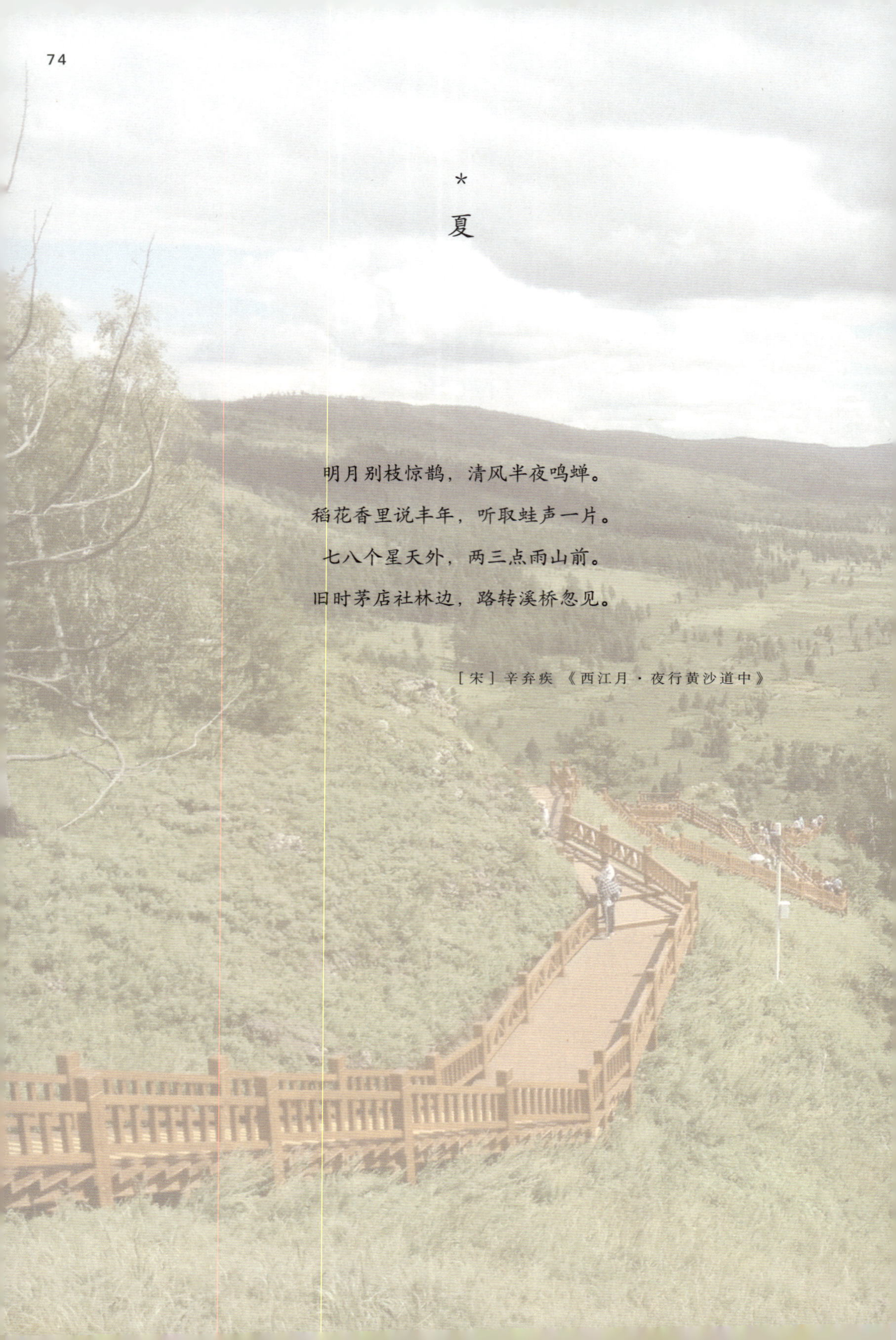

*

夏

明月别枝惊鹊，清风半夜鸣蝉。
稻花香里说丰年，听取蛙声一片。
七八个星天外，两三点雨山前。
旧时茅店社林边，路转溪桥忽见。

［宋］辛弃疾《西江月·夜行黄沙道中》

夏季的一切都是猛烈的。

火辣辣的太阳高挂天际，照得大地一片金光；

划破长空的雷电让人惊恐，也让人震撼；

狂风以摧枯拉朽的巨大力量让一切陈腐灰飞烟灭；

暴雨势如倾盆，使山洪暴发，江河泛滥，一切污泥浊水被随之带走。

但金光也让人心胸敞亮；电闪雷鸣过后，留在心田里的是冷静；狂风吹走了陈腐，也吹散了人们心中的阴霾；而暴雨则将世间清洗得纤尘不染。

正因为夏的猛烈，让许多人乐此不疲地去探寻、冒险：

顶着烈日，登上高山之巅，感受一览众山小的愉悦；

中流击水，浪遏飞舟，体验战胜惊涛骇浪的快感；

策马扬鞭，纵横驰骋，在暴风骤雨中探寻大自然的真谛。

夏是猛烈的，猛烈得让人怦然心动。

追随夏独特的风光，独步这些不一样，一定会让您感受到夏的风采和夏的力量。

在海螺沟见“磨西会议”

海螺沟位于四川省泸定县磨西镇，距成都约304千米，距康定约70千米，距泸定县约52千米。

这是我第二次来海螺沟了。第一次是随旅行社来的，来的时候已是掌灯时分，看了一场表演，住了一宿，第二天看冰川，看完冰川便离开海螺沟返回重庆。那一次除了看了一场表演和看了几眼冰川外，对海螺沟几乎没有留下什么印象，更不要说它旁边的磨西镇了。

这次是自驾游，出发前做功课时知道了磨西镇就是1935年红军长征途中召开了一次重要会议的地方，因此，决定好好参观一下会议旧址。

因为已经看过冰川，所以没有与大家一起再进景区，而是独自来到镇上。

磨西说是古镇，其实已经现代化了。一条400米左右的街道两边，房屋要么是新建的，要么是旧房经彻底改造装修过的，虽然外观还有一点点明清的古色，但仍掩盖不住藏在其中的现代气息。这些现代元素把周围绿油油的大山也带进了现代社会，让以前偏僻、冷清、寂寞、孤独的磨西一下变得十分亮眼。而在现代潮流的包围之中，一座宗教色彩浓郁的天主教堂仍凸显着古老的沧桑。

这座天主教堂之所以能够完好地保留至今，与红军长征有关，更具体地说是与毛泽东及“磨西会议”有关。

磨西镇一角

当我来到教堂时，当天没有礼拜，一个在教堂做义工的老人在看门护院。老人70岁左右，慈眉善目，我见老人闲着便与其攀谈。老人很健谈，见我真心想了解“磨西会议”这段历史，就将他所知道的向我娓娓道来。

1935年5月29日至6月3日，中央红军近2万人先后从四川的石棉县来到磨西，毛泽东也随主力红军进驻磨西。到了磨西后，后勤部门安排毛泽东住进了教堂的神甫楼。据说，毛泽东住进神甫楼后对教堂的神父很尊重，与其促膝谈心，神父被毛泽东的平易近人感动，除尽心帮助红军、为红军的伤病员治病外，还送给毛泽东两本书。正是这两本书引来了“磨西会议”。

毛泽东看了这两本书后认为按照原计划到康定解决红军的给养问题，实际办不到，于是连夜把当天赶来的朱德、周恩来、王稼祥、张闻天、秦邦宪、陈云、邓小平等请到房间举

毛泽东当年住过的房间，也是“磨西会议”的会址

行会议，专题研究红军的前进方向问题。最后，会议决定改走泸定桥去泸定县。这一决定给了红军新的生存机会，其历史价值给予多高的评价都不为过，同时也因为这一决定就有了“飞夺泸定桥”这一震撼天地的英雄壮举。这就是有名的“磨西会议”。

老人所讲的与我在资料上所看到的大体是一致的。

老人还带我看了毛泽东当年住过的房间。房间不大，很简陋，一张床，一张桌，一把椅。但就是这间房、这张床、这张桌和这把椅的精心款待，让其客人们做出了正确英明的决定，中国革命因此而走向成功的道路。我凝视着这一房间，瞻仰着这些历史物件，思绪已飞到当年这些人中。

磨西，这个曾经毫不起眼的深山小镇，因为有了“磨西会议”而名扬天下。

离开教堂前，我紧紧地握住老人的手，向他表示感谢，感谢今天他让我见到了生动的“磨西会议”。

2015 年 10 月 17 日于四川省磨西镇

依旧艳丽的橄榄色

提起邮局，现在很多人已经十分陌生了，有的人压根儿就不知道还有这样的单位存在。可退回20年、30年或者更久远，人们不仅知道，而且还和它紧密相连，息息相关。

想那时，每月的10日，是我们全家最高兴的日子，因为这一天父亲的汇款单一定会到。一声：“×××，拿章来盖。”邮递员亲切的声音会把我们的兴奋点提到极致，母亲一边高声应答，一边把早已准备好的印章递给邮递员，同时送上发自肺腑的“谢谢”二字，邮递员则以微笑予以回敬。拿着汇款单，母亲会马上跑到邮局，取回全家一个月的生活费。“×××，拿章来盖。”是最亲切的话语，是我们全家最想听到的声音。

当我学会写信了，母亲会在收到汇款单后，要我提笔，她口述，给父亲回信。我们兄弟姐妹7个，全靠父亲一人的微薄工资生活。父亲在湖北工作，在我有记忆之前便离家去了湖北，为了节省路费养家便从来没有回过家，因此在我的记忆里，没有一点父亲的印象，替母亲代笔，也是我与父亲交流的唯一途径。写信，等邮递员送来父亲的回信，成了我那时最大的期盼。

父亲一人在外，是母亲最大的牵挂，因此，时不时要给父亲寄一点东西去。大多数时间都是我和母亲提着要寄走的东西，来到邮局，排队、检查、填单、包装、过秤。全部程序走完，几乎要耗半天。虽然花的时间比较长，但看到工作人员将包裹收进柜台，就像看到父亲收到东西一样，心情格外的愉快。

我家隔壁是一个知识分子家庭，订了一份《人民日报》，邮递员每天按时将报纸送来。等主人看完后，我就成了这份报纸的小主人。通过报纸，我学到了很多知识，也了解到很多国内外大事，有的内容我还读给母亲听。母亲是文盲，自己看不懂，我的朗读虽算不上流畅，可她还是听得津津有味。

那时的邮政和电信是一家，叫邮电局。有时父亲和家里有什么急事，就通过电报或电话联系。记得一次父亲因为一事要同母亲商量，我陪母亲到邮电局等电话，我和母亲都很激动，因为可以听到父亲的声音了。尽管等了两个小时后才听到工作人员叫："×××，请到3号电话亭通电话。"但我和母亲已是一脸的灿烂。

1969年的"上山下乡"浪潮把10多岁的我抛到一个十分偏僻落后的乡村。失望、孤独、寂寞加上贫苦，扳着指头数日子，就盼着赶场天，因为趁着赶场就可以到邮局发信和取信了。到公社赶场，没有公路，20多里的山路崎岖难行，来回要走五六个小时，如果遇到下雨天，连滑带摔，可能还要更多的时间，但目的地是灵魂的慰藉处——邮局，什么困难也都不在话下了。

工作了，最初两年拿学徒工资，每月拿着17.5元的报酬，想到父母一辈子不容易，于是直奔邮局，像父亲一样，按时给父母寄去5元，让母亲再次感受“×××，拿章来盖。”的喜悦。

最让我对邮局刻骨铭心的是恋爱时。正当我的恋爱处在如火如荼之时，单位要我到北京学习一年。到北京学习，无疑对我的职业生涯有极大的好处，我和女朋友（现在的老伴）都十分理智，忍痛分离。那一年，我们的谈情说爱全部在书信上，邮局飞鸿传情，成了我们最贴心的朋友。每每算定时间到收发室，一定能得到邮局送来的佳音。

邮局大楼的橄榄色，身着橄榄色服装、挎着橄榄色邮包穿梭于大街小巷的邮递员，以及在路上匆匆行走的橄榄色自行车、邮车，一切代表邮局的橄榄色成了我眼里最亮丽的风景。

如今，随着时代的进步和技术的发展，邮局与我们已渐行渐远。QQ和微信把纸质信件抛得很远很远；智能手机不仅可以让人们阅读天下，而且把人们之间的时空距离变得可以忽略不计了；快递让人们足不出户，一个电话便可将物品安全寄出，顺利送达。

邮局似乎已淡出我们的生活、我们的视线，可突然一次幸福的偶遇让我又重新认识了邮局。

事情得从头说起。

年初，我和老伴都退休了。退休前，我们俩就在合计应该怎样度过有生之年，因此，退休后便开始计划。

第一个计划是驾车游遍全国，首先游的是华中和华东地区。出发前，我们准备了一个小本子，打算每到一个地方盖个纪念章，留下我们游览的足迹。虽然计划很周全，但结果很无奈，很多地方、很多风景区都没有纪念印章，特别是有些号称4星级、5星级的风景区让我俩十分失望。一天，当我们到达湖北利川时已近黄昏，我们在路边的一家邮政宾馆住下。第二天离开时，看到旁边就是邮局，艳丽的橄榄色立刻勾起我对往事的美好回忆，我突发奇想，能不能去讨个邮戳，邮戳上既有时间，还有地点，岂不是最好的旅游纪念章？于是我壮着胆子走进邮局业务柜台。柜台里是一位年轻姑娘，正在埋头做业务，我怯怯地问："小妹，我是来这里旅游的，能不能给我盖个邮戳，作个纪念？"姑娘应声抬头，我一看，圆圆的脸上睁着两只水灵灵的大眼睛，非常漂亮。她看了我一眼，微笑着说："行。"拿过本子，问明盖在什么地方后，便在上面实实在在地盖了一个清清晰晰的邮戳。那一刻，我不知有多高兴，连连向姑娘道谢，回到车上禁不住同老伴分享。有了这次经历，当我们再到下一站时，试着直接到邮局，同样也得到十分友好的对待。在以后的游程里，我们干脆就把卫星导航设在目的地的邮局，在邮局盖了邮戳后再做其他安排。不论是城市里的邮局，还是乡镇上的邮政支局，一路走来，处处笑脸和热情友好的接待，留给我们的不仅仅是感动，还有思绪万千……

技术进步改变了我们曾经十分熟悉的生活，几十年来我的确已好久没有同邮局打交道了，对邮局的印象已渐渐淡忘。这次的偶遇让我重新拾起过去那些点点滴滴，回忆起那些美好幸福的瞬间，眼见他们那份执着的坚守，艳丽的橄榄色又浮现在我的面前。

2016年2月20日于浙江省杭州市

我们获得的第一枚邮戳

谋道的“天下第一杉”

在利川市的腾龙洞游览时，听说在该市的谋道镇有一棵十分珍贵的水杉树，是国宝，于是慕名前往参观。

谋道镇离利川市38千米，318国道一路向西便可直接到达。这棵水杉树就在镇边，已经用栏杆围住保护起来了。

从介绍中看到，这棵水杉树高35米，胸径2.5米，冠幅22米，树龄已有600多年了。

背后就是“天下第一杉”

水杉是距今1亿年前中生代白垩纪时期的古老植物。这棵水杉树珍贵之处在于在它之前人们只是在地层发掘中见过1亿年前的水杉化石，而从来没有见过其真容真貌，植物学家早已宣布水杉已经在地球上绝迹了。当1942年我国的植物学家在谋道发现这棵水杉树后，立即在世界植物学界引起轰动，惊呼这是“最近一个世纪以来，植物学界最重要的发现”。

独一无二的“水杉王”

而且，还因为它的独一无二，这棵水杉树成了我国对外文化交流和向世界各国传播友谊的使者。1972年，周恩来总理将2千克水杉种子赠送给朝鲜领导人金日成；1978年，邓小平将2棵水杉树苗赠送给尼泊尔皇家植物园；1972年，美国总统尼克松访华后，把自己心爱的游艇命名为“水杉号”。到现在为止，已经有80多个国家和地区的植物学家来此考察，并将这棵树的种子带到全世界，也就是说，现在世界各地的水杉树都是这棵树的后代子孙。因此，这棵水杉树又被冠以“天下第一杉”“植物活化石”“世界水杉爷”“水杉王”等美名。

由于它的珍贵，1992年国家邮电部专门为它发行了一套邮票，票面就是它亭亭玉立的美姿美貌。

因为有这棵树，国家特地在这里建立“中国水杉植物园”，专门从事水杉的研究和栽培。

因为这棵树的影响，每年从四面八方来这里考察、学习、参观和游览的人络绎不绝，谋道镇这座处在深山老林的土家镇也因此名声在外。

与“中国杉王”合影留念

看到这棵水杉树，我立刻联想到2009年到贵州习水县时见到的“中国杉王”。那棵杉树的树龄有1000多年，也是国宝，树高44.8米，胸径2.23米，冠幅22.7米，位于山峦之中，高大尖耸，犹如参天巨伞，当时就给我留下了极其深刻的印象。

两棵国宝级大树生长在华夏大地既是它们的幸运，也是我们的福分。它们没有像它们的同类那样遭遇灭顶之灾，而是在这块土地上存活并健康生长，说明这块土地养它们，爱它们，适合它们生命的需要。同时，它们的存在也让我们看到了远古时代的模样。

两棵大树既然已安然落户这片土地，我们就应该像爱护自己的眼睛一样爱护它们、保护它们，让它们在我们这片祥和温暖的土地上继续根深叶茂、葳蕤挺拔。

2016年1月20日于湖北省利川市

游岳阳楼有感

游完江南三大名楼，即武汉的黄鹤楼、南昌的滕王阁和岳阳的岳阳楼后，印象特别深刻的是岳阳楼。

印象深刻的原因并不在于其独特的外观，因为三大名楼在建筑形体上都各有特色，深刻之处在于其内涵——《岳阳楼记》。

记得读中学时，《岳阳楼记》作为必读课文选入教材中，诵读这篇课文时，就曾对范仲淹的这篇散文十分感兴趣，尤其是其中的“先天下之忧而忧，后天下之乐而乐”这句话，作为名言烂熟于胸。那时就想过，如果有机会登上岳阳楼看看，亲身感受洞庭湖那辽阔磅礴的气势该有多好啊。

想不到50多年后的今天真的来到岳阳，登上这座名楼，身临其境，实现了夙愿，心情格外激动。

对着一望无际、浩瀚无垠的洞庭湖，《岳阳楼记》自然就重现脑际，心里默默重温着这篇课文，从字里行间再咀嚼。由于年龄的增加、阅历的积累和认知能力的提高，对这篇课文又有了新的感悟。

北宋年间，时任巴陵郡太守的滕子京决定重修已经破烂不堪的岳阳楼，特请好友范仲淹为其写一点东西，远在河

湖南岳阳楼

南邓州的范仲淹于是提笔写下了这篇千古传奇的名篇，尤其是其中的“先天下之忧而忧，后天下之乐而乐”这句名言被天下仁人志士奉为经典，作为座右铭，视为一生为之追求的目标。

今天看来，这段话还是有其不足之处，“忧国忧民”固然重要，但仅仅停留在“忧”上是不够的，还必须有所行动、有所作为。既“忧”且有所作为的人才是圣人、伟人，空谈误国，实干兴邦，就像中国民主革命的先驱孙中山，中国革命的领袖毛泽东，著名科学家、导弹之父钱学森，人民的好干部焦裕禄，为人民服务的好战士雷锋等，就是这样的人物。

当然，对于绝大多数人来说是很难成为圣人、伟人的，因为至圣至伟需要许多必备条件，但既“忧”且有行动却是可以做到的。其实这样的人在我们周围到处都能看到，那些在本职岗位上任劳任怨、默默奉献的各行各业的从业人员就是这样的实践者。正是有了这些在平凡岗位上做着平凡事业的平凡人，才使我们周围有了满满的正能量，才使得到处都

《岳阳楼记》全文

能看见生气、温暖和希望。

50多年过去了，看看自己走过的路，自觉也是以这句名言作为镜子，照耀着自己去行动的，不敢说有多少特别的贡献，但同千千万万的平凡人一样没有在这个世上枉自走一趟。十分感谢50多年前学习了这篇课文，知道了《岳阳楼记》，也知道了自己应该走的路。

游走在这座名楼内，除了欣赏楼内楼外风光外，更多的是浮想联翩，心潮澎湃。

2016年1月21日于湖南省岳阳市

观“赤壁之战”想到的

《三国演义》已看过两遍了。第一次是读中学时，囫囵吞枣式地看了一遍。第二次是当知青时，有了闲暇时间又认真看了一遍。书中的故事情节已了如指掌，特别是其中的“赤壁之战”那轰轰烈烈的场景至今仍记忆犹新。

今天开车来到赤壁市，目的非常明确，就是来缅怀当年的“赤壁之战”。

现存的“赤壁之战”古战场是我国古代著名战役中唯一尚存原貌的古战场，处在长江中游。

天上下着霏霏细雨，四周雾蒙蒙的，但丝毫没有影响我的兴趣。

古战场景区大门

江泽民题写的“三国赤壁古战场”

“赤壁之战”是三国时期“三大战役”中最著名的一战。曹操“挟天子以令诸侯”，占据天时地利人和的优势，凭借强大的政治、经济和军事实力，率领号称百万大军直逼长江边，企图一举踏平江南，独霸天下。偏隅江南的吴国当时实力还十分弱小，要抵挡曹操的百万之众是根本不可能的。吴主孙权听从了谋臣的建议，与当时一样处于羸弱窘境的刘备组成孙刘联盟，共同抵抗曹操。结果，联军选择在这里设伏，巧用火攻，借助大自然的力量将曹军击败，曹操损兵折将过半，退回北方，从此，再无能力进犯江南。“赤壁之战”是一场以少击众，以劣势对优势并最终大获全胜的战争。战后孙刘两家实力大增，从此奠定了三分天下的格局，并使这一格局延续了将近100年，这就是我国历史上著名的三国时期。

古战场景区规模很大，除保留有古战场的遗迹外，还复原了部分古战船、古兵器、古瞭望台等。身临其境，可以感受到当年那场战争的熊熊烈火、擂擂战鼓、刀剑飞舞、人仰马翻、血流成河的残酷情景。

逼真的这一幕幕不禁让我想到另一个问题：三国这段历史在中国人中几乎无人不知、无人不晓，而且还远播国外，许多外国人就是通过这段历史开始认识中国、了解中国的。为什么会有如此大的影响力呢？

思考良久，最终得出答案——《三国演义》这部书带来的。

一部《三国演义》从它问世到现在，通过书再发展到戏曲、影视、美术、音乐、歌曲，把三国这段历史表现得淋漓尽致。虽然其中有虚构和戏说的成分，但主要的历史史实没有改变，让中国人民不仅熟悉了这段历史，而且还熟悉了这段历史的各种人物，特别是被后人尊为神灵的关羽和奉为智慧化身的诸葛亮，更是被全中国人民顶礼膜拜，奉为圣人。

中国的文明史有5000年，每个朝代每个阶段都有感天动

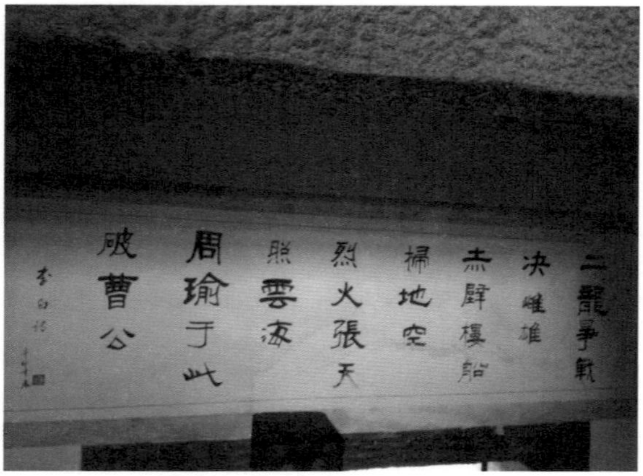

李白为赤壁之战作的诗

地的大事发生和著名人物出现。可以毫不隐晦地说，当今的中国人中能够把中国历史朝代背出来的，可能寥寥无几，更遑论对各个朝代各个阶段的了解，为什么呢？原因就在于这些朝代没有像三国时期有《三国演义》这样一部通俗易懂、老少皆宜的读物出现。

而且，现今的中国成语典故，三国时期形成的俯拾皆是，如三足鼎立、空城计、三顾茅庐、初出茅庐、望梅止渴、坚壁清野、乐不思蜀、万事俱备只欠东风、周瑜打黄盖——一个愿打一个愿挨、司马昭之心路人皆知等等。

由此可见，一部好书的巨大作用。

今天这个时代，每天都有奇迹发生，每时每刻都有杰出人物出现，如果能有像《三国演义》这样的好书将这个时代记录下来，传播出去，像《三国演义》那样，成为人们茶余饭后街谈巷议津津乐道的话题该有多好。作为一个曾经的出版人，更是对此怀着深深的期待。

2016年1月22日于湖北省赤壁市

浣纱春水急—— 西施

西施是中国古代四大美女之一。其实，许多人是只知其一，不知其二。到了西施故里，看了和听了西施的逸闻趣事后才能让你真正认识西施。

西施出生于春秋末期的越国苎萝村，也就是今天的浙江

诸暨的西施故里

省诸暨市苎萝村。

西施本名施夷光，因为苎萝村分为东村和西村，西施家住西村，人们便把施夷光称为西施，也称西子。又因西施自

西施塑像

幼随母在浣纱溪边洗衣，故又称为“浣纱女”。在诸暨，对西施的三个别名的称谓都有。

西施因天生丽质，秀媚出众，聪明乖巧，增半分嫌腴，减半分则瘦，貌若天仙，又居四大美女之首。人们赞誉四大美女有“闭月羞花之貌，沉鱼落雁之容”，西施因长年浣纱江边，游鱼不敢与其比美而自觉沉于江底，因此，西施在民间享有“沉鱼”的美誉。

相传，春秋末年，江南越国与吴国大战，越国战败，越王勾践被作为人质囚于吴国。为松懈吴王夫差对自己的警惕，勾践卧薪尝胆，假作颓靡，吴王认为勾践对自己已不构成威胁，便将其释放。勾践获释后为复国，与谋臣文仲商议对策，文仲抓住吴王好色的嗜好，建议勾践实施“美人计”。于是，文仲派大夫范蠡遍访国中美色，选中西施并培训三年，教习歌舞、容步后献给夫差。从此，夫差被西施迷得神魂颠倒，不理朝政，远离贤臣，国家日益衰落，最后被勾践瞧准时机，举兵打败而亡。

照理说，西施以身献国，是越国复国的功臣，应该受到重奖。但自古红颜多薄命，西施回国后不但没有得到应有的待遇，反而因其太美被认为是红颜祸水而遭到一片杀声，勾践怕重蹈吴王的覆辙而将其沉入江底淹死。一代绝色美女就这样香消玉殒，成为因美而屈死的中国第一人，让后人唏嘘不已。

西施的美衍生出许多动人的故事和成语典故，在当地流传最广的是范蠡偕西施隐居山林的故事和东施效颦的典故。

范蠡偕西施隐居山林的故事是说，范蠡选上西施后，也被西施的美所征服，爱上了西施。同时，在培训西施的过程中，两人朝夕相处，西施也被这位风度翩翩的才子所吸引，爱上了范蠡。两情相悦，感情日渐加深，但王命不能违，最终范蠡还是把西施献出。但两人相约，待事成之后再相聚。当西施完成任务回国后，范蠡听到对西施的一片杀声，不敢再有什么奢望，便冒死带着西施逃进深山老林，从此销声匿迹。这个故事是人们爱美之心使然，让美女西施有一个好的结局，把善良的情怀投向了西施。

东施效颦的典故是说，苎萝村的东村有一个姑娘，人们叫她东施。东施眼见人们对西施的赞美，很不服气，认为自己没有哪一点比西施差，妒忌之心在胸中猛烈燃烧，便时时、处处观察西施的一言一行，看看有哪些不同，跟踪了很久都一无所获，最终她发现西施经常捂着胸口走路，认为这可能就是人们赞美西施美的地方，于是，也学着西施手捂胸口在外面行走。殊不知西施因为有胃病，当胃病发作时捂着胸口止痛，这是村里很多人都知道的。东施弄巧成拙，惹得全村人笑话。

西施其人

西施的美是毋庸置疑的，但是不是就前无古人、后无来者呢？显然不是。前无古人不好考证，但后无来者就失之偏颇了。西施那个时代选美，仅限于越国也就是今天的浙江一带，地域范围极其狭小，选择范围极其有限，因此，西施仅仅是那个时代的宠儿。而现在不同了，地域可扩至全国甚至全世界，交通四通八达，信息以分秒传送，再加上现代社会的浸润和美容技术，现在的姑娘个个都如花似玉、娇翠欲滴，从中再挑选出来的美女恐怕比西施是有过之而无不及，如各种不同的选美比赛中选出的冠亚军和那些经常在银幕上闪现的电影明星。

2016年2月17日于浙江省诸暨市

黄酒也有人生——参观中国黄酒博物馆

老伴做菜总喜欢放一点黄酒，特别是做鱼。老伴说，放一点黄酒可以提鲜、增味、保色。老伴出生在苏州，江浙一带的人喜欢黄酒，这是传统，也是习俗，我自然“入家随俗”。因此，黄酒在我家是不可或缺的，尽管我滴酒不沾。

到了绍兴，听说这里有一家号称“中国黄酒博物馆”的展览馆，立即引起了我俩的兴趣。

中国黄酒博物馆

博物馆坐落在绍兴光相桥边、环城河畔。当我俩去时不知是旅游旺季已过，还是其他什么原因，参观的人很少，停

绍兴黄酒雕塑

车场空荡荡的，我俩顿感宽松和清静。

该博物馆是国内第一家专业性的以黄酒文化和产业文化为主题的博物馆。博物馆分为酒史厅、酒艺厅、三维影视厅和地下酒窖4个展厅。整个博物馆面积不大，但其内容还是比较全面地展示了黄酒的生产历史、生产工艺和文化精髓。

参观的人虽然不多，但带领我们参观的讲解员仍十分认真，一丝不苟地向我们介绍黄酒的生产历史、生产过程以及孕育其中的文化风俗。记得7年前曾驾车到贵州省仁怀市的茅台镇茅台酒厂，参观酒厂的同时还参观了设在厂内的“国酒文化展览馆”。虽然涉及的酒类不同，讲述的内容有别，但我看到了中国历代酒业的发展过程及与酒有关的政治、经济、文化、民俗等，看到了人们在酿酒、用酒、饮酒过程中表现出的思维方式、民族性格、宗教信仰、伦理道德、精神情操等与酒有关的文化内涵。

参观完前面3个展厅后，来到最后一个展厅——地下酒窖。地下酒窖是博物馆的一个主要参观点。占地400多平方

酒罐上悬挂着挂牌的酒窖

酒的故事

米的酒窖内，整齐摆放着许多酒罐。当走到一处很多酒罐上都有挂牌的窖池前，讲解员告诉我们，这里的酒罐大多是参观者买下封存在这里的，可随时来取。我靠近看了看，确实上面有名有姓，什么时候存放的一目了然。每个酒罐存的酒至少有 50 斤。黄酒同白酒一样，窖藏的时间越久口感越好，因此，这些罐藏酒有的已有相当长时间了，看样子还将继续存放下去。讲解员还告诉我们，“女儿红”是绍兴黄酒的一个品种。这里的人家闺女出嫁时最喜欢用这里的特产“女儿红”招待客人，这些存酒中很多都是“女儿红”。我凑近一看，确实如讲解员所说，“女儿红”占了很大比例。

4个展厅看完，已走得我们腰酸背疼，可心里很愉快、很满足。离开博物馆之前来到直销柜台，看到琳琅满目的各类黄酒，我和老伴都心动不已，很想买一点带走，但因品种太多，让我俩眼花缭乱，一时举棋不定，不知买哪种好。讲解员看透了我们的心思，在她的推荐下，我们选购了两件“女儿红”，打算一件送人，一件拿回家里存放，等将来孙女长大出嫁时作为给她的出嫁礼物，肯定不错。

2016年2月15日于浙江省绍兴市

发　现

听说浙江安吉是著名的竹乡，竹子总面积达1.8万公顷，在国内十分罕见，便特地开车进山游玩，结果却有了意想不到的收获。

安吉竹海

小车在大山里转悠，一条虽不算宽敞的公路因为车不多而显得十分通畅。公路在大山里弯转，路的两边满山遍野全都是郁郁葱葱的毛竹，一根根挺着硕大的身躯直指蓝天。山里清净，空气清新得让人的肺泡一下减轻了偌大的压力。路上人家不多，跑了几千米才见到几幢农家小屋。

突然，路边整齐摆放的竹丫引起了我们的注意，一捆一捆簇立在公路两边，有的显然是刚砍下来的，青青的竹叶还昂扬着高傲不屈的头；有的则已经黄了、蔫了，没有了多少生气。我们一路纳闷，这些东西有何作用？

道路两边放置的竹丫

前面是一片开阔地，摆放的竹丫更多了，还有几个人在那里劳作。我们决定停车去看看，以解开我们的疑团。我们把车停放在一个角落处，走出车。我看到，我们停车—摆车—走出来这一连串动作立即引起了这些人的注意，他们停下了手中的工作，眼睛随着我们的动作移动着。我揣测，他们心中一定在嘀咕：这是何方神圣，跑到这里来干什么？

开阔地不大，方圆大约1000平方米。在公路的一侧，开阔地旁边就是大山，一条清清的小溪在开阔地与大山之间流淌。很显然，这片开阔地就是小溪冲积出来的。地面只是简单平整了一下。我们走进开阔地，只见里面摆放着一台机器，十分陈旧，机器的外壳油漆已全部脱落，锈迹斑斑。机器外面，没有厂房遮风避雨，整台机器完全与大自然亲密接触。另外，离机器四五米远处还有一座用石头砌成的烘烤炉，石头是就近取材，石头上面是几根毛竹，看来起横梁作用，横梁上放着我们在路上看到的竹丫，竹丫下面是燃烧着的竹木。机器和烘烤炉由3个男人管理，离机器10米远处、在烘烤炉的对面有五六个女人坐在一堆竹丫旁，男人和女人的年龄都在50岁左右。我们走近机器、烘烤炉，这里看看，那里瞧瞧，没有看出所以然。他们的目光自然也没有离开我们。我们在看“稀奇”，他们把我们也当“稀奇”看。看不出所以然，我走近3个男人，用普通话问道：“请问师傅，这些竹丫拿来做什么呀？”

“做‘嫂周’。”一个人地道的浙江安吉话让我如堕五里雾中。我带着疑惑的神态马上又追问一句：“什么‘嫂周’？”

“就是你们城里扫马路用的扫帚。”另外一个人知道我没有听懂，便用半是浙江安吉话半是普通话作了补充，怕我还没有听懂，从旁边抓起几支竹丫作扫地状比画了几下。显然，这人是个见过世面的人。

我们恍然大悟，原来就是我们日常生活中的叉头扫把啊！

这一问一答后，大家都没有了陌生感。几个女人也围拢过来，一人也是操着半生不熟的普通话十分友善地问道：“你们从哪里来的？”

“重庆。”我也十分友好地回答，同时反问了她一句，“您知道重庆吗？”

“知道。”

我一听“知道”，身处异乡听到有人知道家乡，一下激动起来，紧紧又追问一句：“您去过重庆？”

“没有，我儿子去过，他说重庆非常漂亮。”

虽然有点失望但还是很欣慰，我鼓励她道：“那您应该去看看。”

“是的，儿子说要带我去，我正在等他休假。”

“重庆到这里有多远？”另一个女人又问道。

“2000 千米左右吧。”老伴插话作了回答。

“啊，这么远，你们就这么开车来的？”

“是的。”

“太了不起啦！”几个女人发出由衷的赞叹。

我们同几个女人对话的时候，3 个男人围住我们的小车看，刚才作解释那个人指着车牌上的“渝”字远远地问我们这个字怎么念，我大声告诉他，这个字是重庆的简称，读“yú”。

大家都有所发现，互相之间的距离一下就拉近了。

我们问3个男人这个机器怎么用，这个问题的提出就像是拉响上班铃一样，大家猛然醒悟又分头回到自己的工作岗位，干起手头的工作。

还是那位给我们作解释的男人一边抱起烘烤炉上的一捆竹丫，一边对我们说，毛竹被砍伐出来后，竹竿上剔下的枝丫被就地放在路边晾晒，等大部分水分去掉后送到这里，竹丫再经过烘烤，竹叶就被烤焦了，然后放到这个机器上去碾压、脱叶，说完要我们离机器远一点，说是粉尘很大，边说边开动机器，并把竹丫往机器里塞。机器一开动，竹叶粉末顿时弥漫空中。大约1分钟后，他将竹丫拿出来，竹叶已全部掉光，光光的竹丫，就成为叉头扫把的零部件了。

师傅的操作表演

和师傅们合影

听了师傅的介绍，再看师傅操作的全过程，感觉很简单，我们的手痒了。老伴向师傅提出，能不能让我们也操作一下，师傅看了看我俩，点头同意，但怕出现意外，便站在旁边保驾。

老伴从烘烤炉上抱来一捆竹丫，也像师傅一样，开动机器，把竹丫往里塞，但不知怎么一回事，竹丫总是往外蹦，控制不住，几分钟下来，竹叶还在竹丫上恋着不走。我看着老伴这个狼狈模样，认为自己能行，也抱来一捆竹丫，惨状一样，忙活了半天，竹叶没掉多少，倒是满脸满身都是叶沫。师傅见状，停下机器，告诉我们竹丫应该怎样往里塞，随着轧辊的转动，应该怎样压住竹丫等。听着师傅的讲解，我们才知道我们先前的自以为是，不免惭愧。听完师傅讲解后，我们提出再试一试，这次灵验了，竹叶几乎全部脱光，我们都很高兴，我赶忙拿出相机，咔嚓咔嚓不停地拍，又请师傅给我们两人拍，与师傅们合拍，一组珍贵的学习劳动镜头就这样产生了。

女人们见我们在机器旁玩得高兴，招手要我们到她们那边玩。

女人们做的是手工活。她们把机器加工后的竹丫梳理整齐，分成一束一束的小把，然后100把一大捆，码在公路边，让汽车拉走。

和女人们在一起，玩法就不一样了。女人的特长是拉家常，老伴很快就和她们打成一片，安吉话、重庆话、普通话加上肢体语言，场面可好看啦，只见她们一会儿面红耳赤，一会儿手舞足蹈；一会儿泪眼婆娑，一会儿哈哈大笑，我坐在旁边，虽然搭不上话，却一边捆扎竹丫，一边享受着这难得的温馨。

发现这生活中极不起眼的小物件的生产过程，发现大山里淳朴的人们，我俩在旅途上的话题又多了几分。

2016年2月29日于浙江省安吉县

徽州的前世今生

我们一车4人从浙江的千岛湖来到安徽的歙县，游玩了徽州古城和徽州民居后，来到黄山市住下，打算第二天再去西递和宏村游玩。住下后见大厅里有很多安徽旅游景点介绍，引起了我的兴趣，便一人来到大厅。大厅不大，约有80平方米，此时客人不多，只有3个男士围坐在一起喝茶聊天，当我在看墙上的介绍时，一段有趣的对话把我的注意力给转移了。

甲：全国改地名最失败的就数我们黄山市了。

乙：为什么？

丙：我也有同感。

甲：我们以前的徽州是多有历史感的名字啊！

丙：就是，以为改了名字就可以把游客吸引过来，其实，完全没有这个必要。我们徽州的名字本来就很响亮，要来的照样来。

甲：结果把这么响亮的名字改没了，游客也不见有多少增长。

乙：这是个很大的教训啊！

丙：前几年改地名成风，追求经济利益，不顾历史影响

歙县的“徽州”介绍

和传承，搞得全国一片混乱。

3个人的年龄都在50岁左右，甲和丙显然是本地人，对家乡怀有深厚的感情。

3个人的对话立即引起我的关注，以前确实还没有想过这一问题。

回到房间上网查了查，发现近些年来改地名还真的不少，初步统计有：

云南中甸——香格里拉市

四川灌县——都江堰市

四川南平县——九寨沟县

湖南大庸——张家界市

江西星子县——庐山市

江苏淮阴——淮安市

而且，网上对谁改得成功，谁改得不成功，该改还是不该改争论得十分激烈。

看了这些，我的心顿时沉重起来。

一个地名是一个地方的名片，它承载着特定的历史、文化和民风民俗，具有无可估量的价值，轻易地将这些无形资产丢掉，即使是经过一定的程序，也是不妥的。就拿徽州市改为黄山市来说吧，徽州作为徽派建筑、徽派文化、徽派艺术的象征，本身就名扬四海，就像一面旗子，高高飘扬着。人们只要一见着它，就会立即联想到这片大地上的文化和艺术。一想到它，这片大地数千年的历史就会立即呈现在眼前。而且，由徽派文化孕育出的徽剧、徽菜、徽墨、徽商等在中华文化中独树一帜。黄山名字虽然也很响亮，但它毕竟只是一座山，哪有徽州的内涵丰富。再看看谓之改得最成功的张家界。张家界原名叫大庸。庸者，平凡也，大庸则大平凡。这个地名与张家界的山何其相似乃尔。张家界的山挺拔秀丽，它既不与泰山争雄，也不与华山争险，还不与峨眉山争秀，更不与喜马拉雅山争高，而是以自己既平凡又独特的美姿静静地矗立在那里，在大庸中凸显着自己的与众不同。这种美是其他所有山都无法与之相比的。难怪人们赞誉“张家界的山，九寨沟的水”，形容张家界的山同九寨沟的水一样，只要从它身边路过都会为它的美倾倒。然而，这么一个宽宏大气的名字却被一个区区小气的私家领地取代，这不能不说是一个极大的遗憾。

据说，各地改名的理由很多，其实，挖空心思找出的理由都掩盖不了一个核心的理由——利。为了求利而改名，这是下下策。

有人可能会说，名字改了但它的内核没有变。的确，内核不会因人们的恣意妄为而改变，但旗子倒了，标识没有了，本来可以让人一望便生敬仰之心的，现在却需要人们走进它、深入它才能略知一二，这不是没事找事吗？

求利无可非议，但真正的求利应该是在自己的内涵上下功夫，在深度挖掘内涵的同时大力加强硬件和软件建设，这样的求利才可能持久。

2016年3月27日于安徽省黄山市

踏碎琼瑶尽作泥——逛景德镇中国陶瓷城

老早就听朋友说景德镇陶瓷城很大，里面各式瓷器品种繁多，琳琅满目，逛这个市场就可以了解景德镇陶瓷的盛况。到了景德镇盖好邮戳，我们便直奔这里。

景德镇中国陶瓷城

景德镇，江西省下辖市，位于江西省东北部。这里的高岭土品质非常好，是陶瓷生产的重要原料，用它生产的景德镇瓷器“白如玉、明如镜、薄如纸、声如磬”，代表着中国陶瓷的高端水平和上等品质，影响着中国乃至世界。

中国陶瓷城坐落在景德镇西郊，号称是世界上规模最大的陶瓷专业市场。

走进陶瓷城，因我不懂瓷器，是一个外行，便边走边看，边看边问，边问边学，居然在短短的时间里还学到点东西，知道了景德镇有四大名瓷，即粉彩瓷、玲珑瓷、颜色釉瓷和青花瓷。

粉彩瓷，就是在烧好的素器釉面上进行彩绘，再入窑经600~900℃的温度烘烤而成。

玲珑瓷，在坯胎上镂成点点米粒状，被人们称为“米通”，又叫“玲珑眼”，再填入玲珑釉料并配上青花装饰，入窑烧制而成。

颜色釉瓷，在釉料里加入某种氧化金属，经过烧制而成。景德镇的颜色釉瓷是“自然界有什么颜色，就可以烧出什么颜色”。

青花瓷，用氧化钴料在胚胎上描绘纹样，施釉后高温一次烧成。

在陶瓷城里，四大名瓷千姿百态，栩栩如生。有的典雅素净，有的明净剔透，有的五彩缤纷，有的幽静雅致，有的古朴清丽，有的万紫千红，有的明丽隽秀。各种造型巧夺天工，美不胜收，令人赏心悦目。城内各家为了推销自己的产品，使出浑身解数招揽顾客，我们在免费欣赏的同时还多了一份“上帝”的感觉，被人捧得有些飘飘然。除了四大名瓷外，其他品种的瓷器也都十分抢眼。其实应该说，出自景德镇的

展出的精品

展出的精品

瓷器都是好瓷，就像出自茅台镇的酒都是好酒一样。

陶瓷城的确很大，我们走了半天还只走了它的一个角落，体力不饶人，实在是走不下去了，只得见好就收。

经不住佳品的诱惑，老伴东一件，西一件，不知不觉中花了5000多元买了几件喜欢的东西。

看中的2个瓷罐

从陶瓷城出来，捧着买来的几件宝贝，我的心久久无法平静。景德镇陶瓷以其历史悠久、工艺精湛享誉世界，自古以来无论是海内皇家王族、名门望族，还是海外贵人大户，无不以买到或收藏有景德镇陶瓷为宝赏。我虽不是收藏家，但能在原产地买到心仪的东西，没有假货和赝品的担忧，心里也是乐滋滋的。同时回想起初学英语时，老师讲到中国的英文名“China”的原意就是瓷器。世界认识中国就是从认识中国的瓷器开始的，并以“China”意指中国。由此可以看出中国的陶瓷在世界上的影响有多大，我从心底里为我们这个民族自豪。

陶瓷是中华民族的一张名片，它像丝绸一样，以其灿烂的形象光耀世界。而景德镇陶瓷就是其中一颗最为璀璨的明珠。

2016 年 3 月 31 日于江西省景德镇

打包待托运的几件瓷器

记忆如花——再上井冈山

第一次上井冈山是在南昌参加了一个会议后，独自去的。这次是10年后，退休了，与老伴再次踏上井冈山的路。

井冈山位于江西省，地处赣西—湘东边界，距井冈山市35千米。

1927年10月，毛泽东率领秋收起义部队挺进井冈山，建立了中国第一个农村革命根据地。1928年4月28日，朱德、陈毅领导的湘南起义和南昌起义的部分部队与毛泽东在井冈山会师。从此，中国革命开始踏上了“农村包围城市，武装夺取政权”的具有中国特色的道路，让第一次大革命失败后的中国看到了新的希望。井冈山斗争是马列主义同中国革命实际相结合的创举，是中国共产党人从血的教训中找到的革命斗争的真理。井冈山斗争从1927年10月到1930年2月，共计两年零四个月，时间虽然不长，但为中国革命开辟了一条成功之路，沿着这条道路前仆后继，浴血奋战，到1949年10月1日，一个崭新的共和国——中华人民共和国宣告成立，因此，井冈山被誉为“中国革命的摇篮”。至今，在井冈山还保留着大量革命斗争的遗址、遗迹，每年吸引了大量游客来此缅怀、参观和接受革命传统教育。

正在建设中的井冈山标志

我们这一代人，从小接受的教育在脑海中深深扎下了根，对井冈山这段革命斗争史，诸如朱毛会师、三湾改编、朱德的扁担、红米饭南瓜汤、打土豪分田地、八角楼的灯光、黄洋界阻击战等十分熟悉。因此，来到井冈山，逐一参观这些革命遗址、遗迹，基本上可以脱口而出它的有关故事，唱出它的有关歌曲。

井冈山时期还确立了党领导军队的一系列组织制度和纪律，以及红军的战略战术，如党指挥枪；党支部建在连上；“敌进我退，敌驻我扰，敌疲我打，敌退我追”的游击战十六字诀和三大纪律八项注意：“一切行动听指挥；不拿群众一针一线；一切缴获要归公；说话和气；买卖公平；借东西要还；损坏东西要赔偿；不打人骂人；不损坏庄稼；不调戏妇

八角楼遗址

革命纪念馆

女；不虐待俘虏。”这些初创时期确立的制度和纪律一直是中国革命的指导思想和原则。

井冈山革命斗争点燃了“工农武装割据”的星星之火，为中国革命的中心工作从城市到农村的转移，为农村包围城市，武装夺取政权，开辟了新的道路。联想到今天我国正处在社会主义建设的初级阶段，它正像中国革命的初期——井冈山时期一样，走着前人没有走过的道路，干着前人没有干过的事业，一切都是新的，一切都得从零开始。从井冈山到中华人民共和国成立，新民主主义革命走了22年的时间。新民主主义革命面对的只是国内的复杂形势，而社会主义建设不仅要面对国内，还要面对更加复杂的国际环境，需要更大的胆识、魄力和更多的智慧。社会主义建设遇到的问题和困难将比新民主主义革命更多、更复杂，道路将更加漫长、曲折。经历了无数艰难险阻、流血牺牲的中国共产党和中国人民，早已为此做好了充分的思想准备。

2016年4月4日于江西省井冈山

谁是“桃花源”

早就听说重庆的酉阳和湖南的常德为自己是“桃花源”的正宗地争得不可开交、互不相让。因已去过酉阳的“桃花源”，为了看看常德的“桃花源”究竟有啥不同，我们特地将常德安排在这次行程计划之中。

酉阳桃花源一角

当我们来到常德桃源县，导航引导我们来到一个场镇便说目的地已到。我们一看，什么都没有，很惊诧，闹得沸沸

酉阳桃花源

扬扬的“桃花源”就是这般模样？我们不信。下车向老乡打听，老乡指指前面告诉我们，那里正在大兴土木，你们到那边问问。于是我们重新发动小车，来到正干得热火朝天的一片工地。只见工地上正在打造一个“古镇”，“古镇”雏形已经显现。经询问现场的工人师傅，新的“古镇”一年后就可以完工。再问“桃花源”景区在哪，回答是也在封闭打造，现在不接待游客，什么时候开放——不知道。看这个架势，感到常德真是憋足了劲儿要与酉阳拼个子丑寅卯。

虽然没有看到实景，但看得出来争论的火药味还很浓，为了知道他们相互间都说了些什么，便上网看了看。

酉阳说，自己是正宗的“桃花源”，有国内外专家的考证，有历史文献的记载，有历史学家马识途的题词，还有中共中央原政治局常委、全国人大常委会委员长李鹏的题词“中国酉阳桃花源风景区”。

常德说，自己才是正宗的“桃花源”，有《辞海》和《词源》为证，是国务院唯一备案认可的“桃花源国家级风景名胜区”。

应该说两地的说法都是有鼻子有眼的，但对于游客的我们来说却是一头雾水，我们究竟应该相信谁呢？

思来想去，突然悟出一个道理，两地争正宗其实没有多少实际意义。明眼人一看，陶渊明为什么不把自己描写的地点明确点出来，而要让后人去左右猜测呢，对这么一个大文豪来说不可能是疏忽所致，因为就写作而言，本身就有虚构、夸张，来源于生活高于生活的写法，他要杜撰一个“世外桃源”来满足他的理想王国又未尝不可。这十分符合陶渊明的性格。

因此，陶渊明都没有明确的地点概念，两地为什么还要去揣测，争个孰是孰非呢？

再说了，对我们一介游客而言，我们只是想看看陶渊明笔下的“桃花源”究竟是啥样，至于世上是不是真有这样的人间仙境或者在甲地还是乙地，并不关心。

建议两地别在谁是“正宗”上打口水战了。打来打去也分不出胜负，而且越打口水战越有损自己的“地格”。把精力花在景区的建设上，把自己的“桃花源”搞得真的像人间仙境一般，并以高品质的硬件和优质的服务展开竞争，形成处处都是“桃花源”，处处都是留人地，给游客一个休闲游玩的好去处，这才是明智的做法。

2016年4月7日于湖南桃源县

谁说女子不如男——一座只为一个女人的祀庙

中国的寺庙要么为佛建，供奉的是释迦牟尼及其众多菩萨；要么为神建，供奉的是三清、妈祖及其众位大帝；要么为儒建，供奉的是孔子及其弟子。唯独四川广元的皇泽寺，既不为佛建，也不为神建，更不为儒建，只是为一个女人——武则天而建，而且，其规模之宏大完全可与那些著名的寺庙比肩。

广元皇泽寺

武则天，中国2000多年封建帝制中的第一个女皇帝，也是唯一一个女皇帝。她打破了封建社会男尊女卑的界线，以其卓越的才能将中国封建社会推向了一个高潮，成为前无古人后无来者的杰出女性。

对于这样一个女性，后世一直存在两种截然不同的评价，有褒有贬。在褒贬之中有一点却是共同的，那就是在中国封建社会里，对女人的束缚可谓层出不穷。2000多年里，中国的女人被束缚得只能“三从四德”，被压在社会的最底层，没有多少人敢于冲破这些束缚而自立自强，只有武则天敢想敢为，敢作敢当。

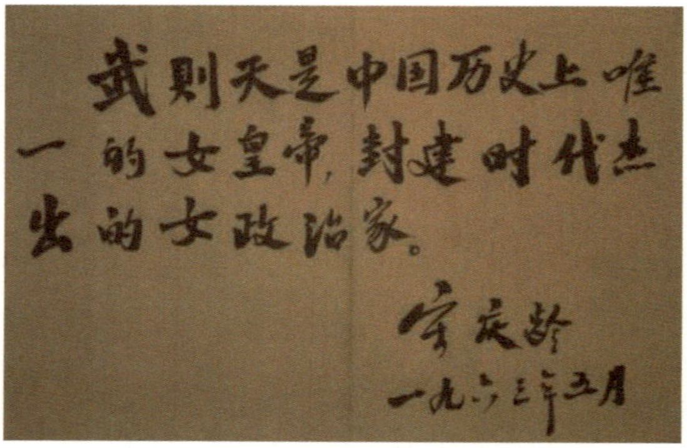

宋庆龄的题字

武则天时代已经相去1000多年了，武则天留给我们的历史启迪是什么呢？

今天，中国封建社会虽然早已被推翻，但2000多年所形成的封建思想并没有完全随着制度的灭亡而消亡，其残余影响依然存在，特别是对女性的不平等。当代女性应该学习这种敢于冲破旧有意识的束缚，勇于对不合理的陈规陋习发

武则天塑像

起挑战，对认定的目标要敢于去追求，去获取，不怕闲言碎语，不畏艰难困苦，不惧狂风暴雨，勇敢地去实现自己的人生理想。

皇泽寺为什么1000多年来屹立不倒，它一直高高矗立在那里，就是在向女人们昭示一个真理：男人能做的事，女人照样能够做，而且做得不比男人差。

这就是武则天留给我们的历史启迪，也是皇泽寺存在的真正意义。

2017年9月17日于四川省广元市

意外收获——哈达铺拾零

1934年10月下旬，中国工农红军开始了举世闻名的二万五千里长征，这是人所皆知的壮举，但哈达铺这个地方许多人可能很陌生。在哈达铺这个地方发生的长征故事，可能更是鲜有人知。我是因为看其他资料时隐约知道一些，但详细的内容却是模糊的。

2017年9月，我们按照西部旅游计划，从重庆出发到广元，然后沿着G75高速来到甘肃省宕昌县，这里有被网友们看好的官鹅沟，据说可以与九寨沟媲美。由于九寨沟刚遭遇地震，已经关闭，游客便涌向官鹅沟。

我们在官鹅沟游玩了2天。官鹅沟不仅水面宽阔，而且水质清澈，细细品味其中的美妙之处，确实也是一个不错的旅游地。

游完官鹅沟，离开宕昌，往兰州进发。出县城不久，我看见路牌上赫然出现了哈达铺的名字，这3个字猛然勾起我依稀的记忆，而且路边还耸立着哈达铺红军长征纪念的巨大雕塑，我们立刻决定下道，参观红军长征的足迹去。

沿着路牌的指引，我们来到红军长征纪念馆，不看不知道，一看让我们大有收获。

路边的长征纪念碑

中国工农红军第5次反围剿失利，从各根据地突围出来后在什么地方再建立根据地，一直没有定数。长征的前期主要是突破国民党军队的围追堵截。遵义会议确立了毛泽东在党内的领导地位后，在毛泽东的指挥下，中央红军（红一方面军）变被动为主动，通过四渡赤水的战略迂回，一举突破国民党军队的重重包围，把国民党军队远远地甩在了后面。1935年9月18日，中央红军突破天险腊子口，占领哈达铺。20日下午，毛泽东、周恩来等中央领导到达哈达铺。毛泽东意外地从当地邮政代办所得到一张国民党的《大公报》，从报上获知陕北有刘志丹、习仲勋领导的红军和根据地的信息，十分高兴。此时，中央红军离开瑞金已近一年了，脱离了根据地的支持，东奔西跑加上沿途同国民党军队的战斗，红军减员十分严重，从出发时的30万人到此时只有3万余人，既无吃的又无穿的，枪支弹药得不到补充，特别是经过雪山草地的困苦，红军已经十分虚弱，再这样毫无目的地继续走下去，

胡耀邦题写的“红军长征纪念馆”

红军将被彻底拖垮，中国革命将再次遭遇失败。得到这一信息后，毛泽东思考再三，果断地做出了把红军长征的落脚点放在陕北的重大决策，并整编中央红军为陕甘支队，目标明确地向陕北进发。

1936年8月9日，红四方面军第30军通过腊子口后再次占领哈达铺；25日红二方面军六军进驻哈达铺。9月1日，红二方面军总指挥部及二军到达哈达铺。到10月4日，都相继北上。

哈达铺镇虽然不大，但物资还算丰富，中央红军到达这里时，才吃了一顿饱饭，睡了一个好觉。三大主力红军在这里获得了物资和兵员补充，经过休整，红军得到了难得的喘息，因此哈达铺成了中国工农红军长征历经千难万险后的绝处逢生之地，是“决定中国工农红军长征命运的重要决策地”和长征的“加油站”。

哈达铺是红军长征北上的里程碑，万里长征即将胜利完成的转折点，同遵义城一样，是中国革命两个非同一般的吉祥地。它以其特殊的地位，名载中国革命的光辉史册。

整个展馆史料翔实，人物鲜活，结构紧凑，编排得当，

“前言”高度概括了哈达铺在长征中的地位

具有很强的可看性和教育意义。

为了加深印象，我们特地又来到镇上，参观号称“中国工农红军长征第一街”旧址。这条街基本保持了80多年前的模样。当年发生的许多鲜为人知的故事就在这条由382家店铺组成的长约1200多米的街道上。这是红军在长征途中走过的最长、保留当年原貌最完整的一条街。

其中特别有意义的几处遗址是“义和昌”药铺。药铺地处上街，由三间北房和十一间南面临街铺面组成，均为平瓦房。北房为原建筑，中间正厅是当时中共中央办公室，左间是毛泽东住室，右间是张闻天（当时的总书记）住室。房门中央上方悬挂着中共中央原总书记胡耀邦题写的“哈达铺纪念馆”匾额；为毛泽东提供《大公报》的“邮政代办所”在西距“义和昌”药铺约10米的斜对面。“同善社”是一座紧凑的小四合院，北房是三间土木结构的二层楼房，楼下是红一方面军司令部和周恩来住室，东西厢房是红军警卫和通信兵居住；“关帝庙”是红一方面军团以上干部会议会址；“张家大院”是三间二层木结构楼房，楼上是贺龙住室，楼下是任弼时、刘伯承、肖克、关向应住室，东厢房是李达住室，西厢房由警卫员居

红军长征第一街

“列席”红军的会议

住。大门上挂着原红二方面军副总指挥肖克将军1995年题写的“红二方面军总指挥部旧址”匾额。

参观旧址，不禁让我们睹物思人，睹人思事，加深了对纪念馆内容的认识。

然而，遗憾的是，由于哈达铺地理位置偏僻，加上了解这段历史的人不多，来此参观的人很少，在我们参观时，偌大的纪念馆里只有我们4人，整个纪念馆清静得与这段宏伟的史事极不相称。

参观旧址后，我们继续往兰州进发，车内话语就像水库开闸一样，你一言我一语，这一意外收获顿时让车内的气氛活跃起来。

2017年9月19日于甘肃哈达铺

瞻仰“黄河母亲”雕像

到甘肃兰州是一定要看看“黄河母亲”雕像的。

“黄河母亲”雕像位于甘肃省兰州市七里河区黄河南岸的河滨路中段，于1986年4月30日落成。整座雕像长6米、宽2.2米、高2.6米，总重40余吨。雕像由“母亲”和“男婴”组成，象征着哺育中华民族生生不息、不屈不挠的黄河母亲和快乐幸福、茁壮成长的华夏子孙。

来到雕像前，只见一位神态娴雅的母亲侧卧于黄河岸边，看护着怀中的婴儿。母亲秀发飘拂，神态慈祥，身躯修长、

“黄河母亲”雕像

匀称、优美，面带微笑，抬头微屈右臂，右侧依偎着一个男婴，男婴的头偏向左边，两眼眺望远方，昂首憨笑。整座雕像构图简洁大方，但寓意却十分深刻。

早在远古时期，我国境内的原始先民就生活、劳作、繁衍在黄河流域。我国文明初始阶段的夏、商、周三代以及后

雕像的近景

来的秦、西汉、东汉、隋、唐、北宋等几个强大的统一王朝，其活动范围也都在黄河中下游一带；反映中华民族智慧的许多古代经典文化著作也产生在这一地区；标志着古代文明的科学技术、发明创造、城市建设、文学艺术等同样也产生在这里；在这片土地上还留下了许许多多英雄豪杰的足迹和动人的传说。黄河孕育了中华文明，哺育了中华儿女，是中华民族的摇篮、中华民族的母亲河。

站在雕像前，我浮想联翩，心早已飞得很远很远。

黄河见证了中华民族的崛起，也目睹了中华民族遭受的

苦难。5000年来，中华民族有强盛时的荣耀，也有衰弱落后时的耻辱。尤其是近代，中华民族没有跟上时代发展的步伐，落后了，一个全世界最大的民族却惨遭一些小小国家的欺凌，土地被瓜分，人民被屠杀，金银财宝被抢走，丧权辱国的条约一个接着一个，国人处在与狗一样的地位甚至连狗都不如。无数的志士仁人来到黄河边痛哭，为国家民族的前途忧心忡忡，他们发出阵阵呐喊，要重整河山，实现国家民族的复兴。以康有为为首的变法维新派和以孙中山为代表的国民党人都曾为此奋斗过，许多人抛头颅洒热血都没能改变旧中国的悲惨命运，唯有中国共产党经过几代共产党人的前赴后继，浴血牺牲，领导中国人民终于把一个贫穷落后的旧中国改造建设成为当今世界第二大经济体。中华民族任人欺凌、宰割的日子从此一去不复返，人民从站起来到富起来，基本上过上了小康生活，黄河也从过去的愤怒咆哮转变为今天的欢呼歌唱，“母亲”也才面带笑容从容地坐上了自己的宝座。

凝视着微笑的“母亲”，我为“母亲”的前世今生感叹，从心底里由衷地发出祝愿：祝愿她的笑容越来越灿烂。

离开雕像前，我和老伴认真整理了一遍自己的衣冠，在旁边的小摊上买来一束鲜花，恭恭敬敬地插在雕像前，然后向“母亲”深深地鞠了一躬。

2017年9月20日于甘肃省兰州市

塔尔寺的“三绝”

塔尔寺，又名塔儿寺，位于青海省西宁市的湟中县鲁沙尔镇，创建于明洪武十年（1377年）。

塔尔寺山门

塔尔寺是我国西北地区藏传佛教的活动中心，是中国藏传佛教格鲁派（黄教）的六大寺院之一，在我国及东南亚享有盛誉，是青海省首屈一指的名胜古迹。

塔尔寺占地面积很大，有45万平方米，各式殿堂、经堂和宝塔共9300余间（座），要参观完是很困难的，我们主

宽敞雄伟的大经堂

要拜谒了大金瓦寺、小金瓦寺、大经堂、弥勒殿、如来八塔、小花寺、酥油花院，走马观花式的参观只能说是对黄教有了初步的了解。但在游览过程中，塔尔寺的“艺术三绝”，即酥油花、壁画和堆绣却让我不停地驻足观看，引起了我的极大兴趣。

酥油花，就是用藏区特有的酥油加上各种颜色制作的油塑艺术品。酥油花名叫花，其实题材十分广泛，世间上的任何东西都可以制作成酥油花，如佛祖菩萨、芸芸众生、飞禽走兽、花草鱼虫、森林树木等都是酥油花的素材。艺僧们在制作酥油花时，用色大胆，单色和混合色往往同时在一个作品上呈现，加上酥油特有的光泽，在佛灯的照耀下鲜艳夺目，十分惹人喜爱。酥油花遍布在塔尔寺的各个角落，特别是在酥油花院里，集中展示着各种各样的酥油花，让人目不暇接、眼花缭乱。酥油花在其他藏区寺院里也能见到，但像塔尔寺这样色彩夺目、栩栩如生的，还不多见。

壁画。在各个殿堂、经院的墙上、立柱和栋梁上都有绘画，特别是挂在殿堂中的经幔上，各种色彩鲜艳的绘画布满其中。据说绘画用的颜料都是画僧用矿物制作而成，画出的

酥油花

画经久不变色。塔尔寺壁画有三种制作形式，一种是在经过加工处理过的白布上绘画，经幔上的就是这种形式，有的还可框上木框镶嵌在墙壁上；另一种是在洁白的墙面上打以底色，直接绘出各种题材的内容，画绘好后表面再刷清漆加以保护；再一种是在墙壁上嵌上木板，用胶和石膏粉的混合液在木板上打底，再在上面绘出图案。三种形式的壁画体现出共同的特点是线条细腻，色彩明快，形象生动。画中的内容虽然大多看不懂，但绘画的形式和内容的表现手法还是让我大开眼界。

壁画

堆绣。堆绣是塔尔寺独创的一种艺术，是用各种色彩的绸、缎剪裁成所需要的形状，如佛像、人物、花卉、鸟兽等，再以羊毛或棉花充实其中，然后将其绣在布幔上。堆绣因其色彩鲜艳、层次分明、形态逼真，很有立体感。在殿堂中到处都能见到这些堆绣作品。听这里的僧人说，每年农历的四月、六月有两次法会，以纪念释迦牟尼诞生、成道、涅槃，弥勒出世及黄教的创始人宗喀巴诞生、涅槃，到时要举行“晒大佛”，这个“大佛”就是堆绣。堆绣上绣的是释迦牟尼、宗喀巴、狮子吼和金刚萨，面积巨大，需要从山顶铺到山脚，只能在寺院的后山坡上展开。因此，“晒大佛”也就成了塔尔寺一个十分隆重的佛教仪式，也称“展佛节”。

因为有这“艺术三绝”，为塔尔寺增色不少，每年慕名前来拜谒和游览的人很多，特别是在“展佛节”期间，更是人流如织。虽然我没有亲身体会到那种热闹的场面，但僧人的话和从今天同我一起在寺内游览的人数看，完全可以想象。

晒大佛

塔尔寺与其他寺庙的不同之处是将宗教和艺术有机地结合在一起，两者相互映衬，适应了人们对精神生活和美的追求，相信沿着这条道路走下去，塔尔寺将相得益彰，越来越好。

2017年9月21日于青海省西宁市

“天空之镜”茶卡盐湖

在做这次西部旅游规划时，看到网上很多人对茶卡盐湖赞不绝口，便将其纳入计划之中。

茶卡盐湖位于青海省海西蒙古族藏族自治州乌兰县茶卡镇。当我们游览完青海湖后驾车来到这里，亲眼所见证实了网上所言属实，茶卡盐湖的美真的能让人如痴如醉。

盐湖长15.8千米，宽9.2千米，面积达105平方千米，储盐量高达4.5亿吨。整个盐湖除了盐什么也没有，铺天盖地全是盐，我不禁纳闷，这里海拔3000多米，这么高的地方盐从何而来？

看了景区的介绍后，方才知道这些盐全来自海洋。

青藏高原在远古时期曾是一片海洋，随着地壳板块运动，

赫然醒目的标志

巨大的东归英雄盐雕

这片地壳隆起，海水退去。海水在退去的过程中，低洼处的海水留了下来，经过上万年太阳暴晒，水大量蒸发，盐便解析出来，日积月累，形成现在厚度达10米的结晶盐层。再加上周围山上的盐不断被雨水带进湖中和河流以及泉水的涌入，盐湖没有出水口，涌入的水靠蒸发，水去盐留使茶卡盐湖的盐几乎取之不尽。

盐湖的表面被一层厚度达十多厘米的盐壳覆盖，盐壳下面就是结晶体的盐。盐壳上面是一层薄薄的水，深不过脚背。

湖面上，人们用盐雕了许多大型雕塑，这些盐雕集艺术性和故事性于一体，如盐帝制盐、弥勒菩萨、睡佛、狮身人面像……特别是一组东归英雄盐雕，把蒙古人从遥远的伏尔加河流域，冲破沙皇的围追堵截，历经千辛万苦回归故里的悲壮场面展现在人们的眼前，真实的故事和盐的艺术让人一看便心生敬意。

景区开行了一列小火车，将游客送到湖的深处。小火车在盐上行驶就像在陆地上一样，平稳舒坦。最初还有些担心，生怕火车陷进湖里，当火车鸣着汽笛一路欢快地奔驰时，这种担心逐渐消失。下车后向师傅请教，才知道盐壳和盐壳下面的盐终年不化，不像陆地上还有塌方和地陷的问题，比陆地上还安全。在湖的深处，游客可以在湖面上自由活动。徜徉在辽阔平坦的湖面上，脚踩着薄薄的水，低头是一片白的世界，白得是那样的彻底，太阳光可以毫无保留地反射进人们的眼里，刺得人的眼睛生痛。所幸我们事先有所准备，赶紧从包里取出墨镜戴上。抬头是一片蓝天，蓝得那样无瑕，朵朵白云飘浮其间，两相映衬让我看清什么是真正的湛蓝，什么是真正的洁白。而远远望去，空旷无垠，天地一线，蓝天倒映在湖水中，湖水融化在蓝天里，两者浑然一体，分不清哪里是天，哪里是湖。一阵微风泛起，爱美姑娘们的红、黄、绿彩裙、头巾、披肩随之在天地间飘动，宁静的盐湖顿时多了几分生气，灵动起来。

夜晚，天上的星星全都挤在湖面上，银河的浩瀚雄壮和流星的炫目诡异如梦如幻，璀璨的星空中似乎让你一伸手或者蹲下，就可以随手摘几颗放进怀里。

这里明净得就像一块巨大的“天空之镜”。这就是令人神往的茶卡盐湖。

2017年9月23日于青海省茶卡盐湖

盐湖的深处

走在淹没脚背的湖面上

灵动的湖面

*

秋

自古逢秋悲寂寥，我言秋日胜春朝。

晴空一鹤排云上，便引诗情到碧霄。

［唐］刘禹锡 《秋词》

一夜的秋风让树叶的颜色全变了，有的金黄，有的火红，有的纯白，有的湛蓝，色彩缤纷，艳丽无比。五颜六色的大自然让世界也跟着全变了：

一个个又圆又大的橘子闪烁着诱人的光芒把树枝压弯了腰；黄澄澄的苹果像满天的星斗，密密麻麻地挂在枝头；月牙般的香蕉发出阵阵浓郁的香味刺激着人们的感官神经；一串串深紫色的葡萄带着露珠向人们展示着自己的成熟……

田野里更是风光无限：金黄色的稻穗沉甸甸地低垂着头，平平整整地铺展在原野上，就像大地被盖了一张巨大的金色地毯；又粗又大的玉米挂在腰间，就像一盏盏明灯照得原野一片金黄。秋天里，整个原野金光闪闪，满满的都是金的世界。

秋天是收获的季节。踏着秋风的韵律，摘下几粒麦穗，咀嚼着当年的稻香，一生的梦想圆了。

活文化记忆——敦煌莫高窟

敦煌莫高窟世界闻名，早就有一睹芳容的期望，经过2000多千米的行程，今天终于实现夙愿。

莫高窟，也称千佛洞，位于甘肃省敦煌市，始建于十六国时期的前秦建元二年（366年），历经十六国、北魏、隋、唐、五代、西夏、元等朝代，经过持续不断的兴建、维护，逐渐形成今天的规模。全窟共有洞窟735个，壁画4.5万平方米，泥质彩塑2415尊，是世界上现存规模最大、内容最丰富的佛教艺术圣地。

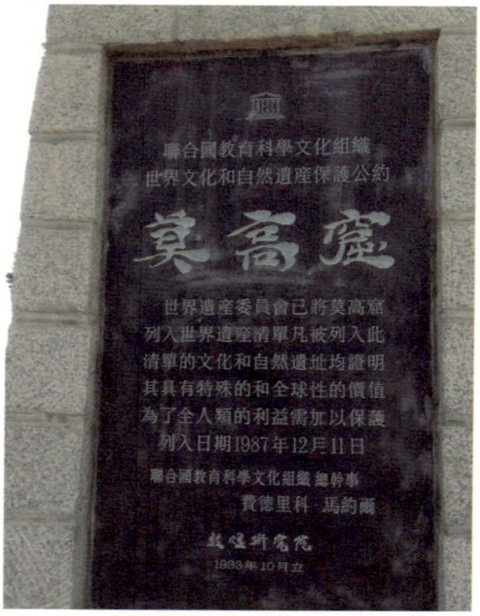

世界文化和自然遗产——莫高窟

莫高窟还与云冈石窟、龙门石窟、麦积山石窟一起并称为我国四大石窟。

来到莫高窟，我们尽情欣赏了它惊艳世界的建筑艺术、彩塑艺术和壁画艺术。

莫高窟735个洞窟全开凿在15～30米高的鸣沙山东麓

敦煌石窟的标志——九层楼

的崖壁上，上下4层，就像现代城市楼房一样，错落有致。窟型最大的高约40米，宽约30米，而最小的高不过尺许。有的洞窟内还有塔型立柱支撑，看得出来，这是借鉴了国外的技术，消化吸收后再民族化应用。有的洞窟外建有木质结构的洞檐，飞檐翘阁，特别是民国初期依山而建的九层楼，具有鲜明的民族特色，成为莫高窟的标志性建筑，门票上就是以此为标志。

敦煌石窟开凿在砾岩上，砾岩松散，不像洛阳龙门石窟那样全是坚硬的岩石，不能雕琢，因此，塑像大多采用泥塑。而敦煌泥塑的精彩之处是泥塑成型后的彩绘，两者相映成趣，让敦煌的塑像丰富多彩，惟妙惟肖，似真非真。敦煌的泥彩有圆塑、浮塑、影塑等多种形式，塑像最高者达34.5米，最小的仅有2厘米。

敦煌石窟的壁画都绘在洞窟的四壁、窟顶和佛龛内，内容主要有佛像、佛教故事、佛教史迹、神怪等，还有相当多的是表现当时狩猎、耕作、纺织、战争、歌舞、婚丧嫁娶等社会生

3位女士的舞姿与“飞天”女还是有差距的

活场景，与重庆大足石刻的表现手法有异曲同工之妙。这些壁画有的雄浑宽广，有的鲜艳瑰丽。从这些绘画中可以看到印度、希腊等国文化艺术的影子，反映出那时的中国就与世界接轨，艺术互渐。据说这些画如果按2米高排列，足足可以排成长达25千米的画廊。在欣赏这些画时，我发现有两种图案在画展和宣传中经常见到，这就是“飞天”和“反弹琵琶”。“飞天”形象在很多洞窟都能见到，各种形态的“飞天”娇姿媚态，栩栩如生，而“反弹琵琶”只在112号洞窟有，这是敦煌壁画所有舞蹈画像中最美的舞姿，把女人的曲线美和舞蹈的形态美表现得淋漓尽致。

敦煌艺术展现的是中华民族悠久的历史和灿烂的文明，也展示了佛教这一源于印度却被中国化的过程。欣赏这些精美的艺术，既丰富了我的佛教知识，又提高了自己对美的鉴赏能力，还增加了对祖国的自豪感。漫步在这些洞窟和景区专设的“数字展厅”中，完全是一种精神食粮的补充和美的享受。

2017年9月24日于甘肃省敦煌市

大漠边关嘉峪关

长城有三大奇观：东有河北省秦皇岛市的山海关，中有山西省榆林市的镇北台，西有甘肃省嘉峪关市的嘉峪关。已经游览过山海关了，今天就要实地看看嘉峪关的风采。

与边关合影

嘉峪关，号称“天下第一雄关”，位于甘肃省嘉峪关市西5千米处最狭窄的山谷中部，城关两侧的城墙横穿沙漠戈壁，北连黑山悬臂长城，南接“天下第一墩”，因地势险要，建筑雄伟，有“连陲锁钥”之称，被誉为河西咽喉。

嘉峪关始建于明洪武五年（1372年），主要为防御关外外族对中原的入侵。关内设有内城、外城、罗城、瓮城、城壕和南北两翼长城，全长约60千米，构成重叠并守的防御体系。

城内建有游击将军府、文昌阁，东门外建有关帝庙、牌楼、戏楼等，特别是三座形制相同的歇山顶式城楼高大挺拔，在大漠深处显得雄峻伟岸，远远望去是那样的巍峨。

嘉峪关是明代万里长城的西端起点，是明长城沿线建筑规模最为雄壮、保存程度最为完好的一座古代军事城堡，又有“中外钜防”和“河西第一隘口”之称。

游走在城内，我看到内城、外城和瓮城，城高墙厚十分坚固，城上设有箭楼、角楼、敌楼、闸门，内外呼应，基本上没有死角，具有极好的防御功能。城内建有文昌阁、关帝庙，还建有一座戏楼，楼前是宽阔的广场，至少可容纳几百人同时观看演出，说明当时的守城军民除了紧张的防务外，还有丰富多彩的文化娱乐活动。戏楼至今还有演出，每天定时开演，演出的剧目大多是古装戏，演员从服装、化妆到唱腔都有板有眼。看着台上的演出，仿佛时光倒流，又穿越回到那金戈铁马的时代。

古城门——历史的记忆

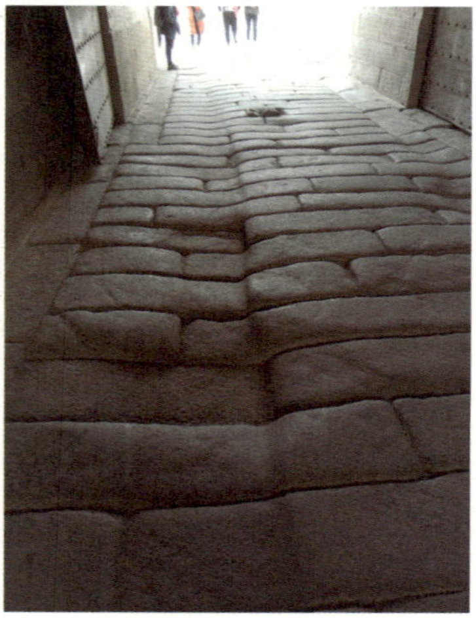

站在城楼上放眼望去，我发现嘉峪关的坚固不仅仅在于整个防御体系的完备，而且还有天险和天堑作保障。

内城、外城、高大坚固的城墙

天险和天堑就是南边的祁连山和北边的黑河及其广袤无垠的巴丹吉林沙漠，在冷兵器时代军队根本无法绕行通过。难怪有人评论说，嘉峪关防线是世界上利用天险和天堑最经典的国防工程，在河西走廊和中亚范围内再也找不到这样一个地方，能以最低的成本，建起最高效率的国家防御工程。

正在演出的戏楼

嘉峪关的存在，保证了中原多年的安宁，同时，也因为嘉峪关对整个河西走廊的保护作用，使陆上丝绸之路得以畅通无阻，把中国和世界紧紧地联系在一起。

现在，关内关外都统一在中华民族大家庭中，那种自相残杀的悲惨历史已经远去，嘉峪关也没有了它本来的作用，但作为万里长城的一部分，它所展现出的悲壮、宏伟、深邃、远大却永远激励着中华儿女励精图治、发奋图强，为实现国家民族的繁荣昌盛去拼搏、奋斗。

嘉峪关以它的雄姿屹立在戈壁沙漠上，600多年来岿然不倒。因为它对华夏民族的伟大贡献，人们敬仰它、爱慕它，不远千里，风餐露宿前来拜谒，据说每年有上百万人来此游览、凭吊。今天，我也算是这些游览、凭吊的人之一吧，怀着无比崇敬的心情瞻仰这座凝聚着古代劳苦大众和万千守军将士鲜血和生命的大漠边关。

2017年9月26日于甘肃省嘉峪关市

多彩的世界——张掖丹霞地貌

丹霞地貌，在我国很多地方都存在，如贵州的赤水、广东的韶关、新疆的五彩城等。在游览贵州赤水丹霞地貌时，知道了全国丹霞地貌的分布图，今天来到甘肃省张掖市，特地来领略张掖丹霞地貌不一样的风采。

景区大门

七彩丹霞

张掖丹霞地貌主要分布在张掖市的临泽县和肃南县，由“七彩丹霞”和“冰沟丹霞”两部分组成。景观地貌主要由1.35亿年至6500万年前的白垩纪“红层”经地壳结构运动、流水与风力的侵蚀作用而形成。

走进景区，四周是一片彩色的世界。远远望去，有的如万千彩带斜斜地相依在一起；有的如多彩的飘带逶迤在大地上；有的如彩虹在远处闪闪发光；有的如彩柱直指蓝天；有的如彩球光滑圆润，整个景区各种地貌千姿百态，斑斓耀眼。就连景区为避免游客的踩踏而特地修建的步行小道，蜿蜒在七彩丹霞的上空，犹如蛟龙出水，为景区增加了一道别样的风景线。

行走在步道上，低头是色彩斑斓的砾石，细细的颗粒透着不同的颜色；抬头是组合有序、层次分明、富有韵律感的彩带，其色彩灿烂夺目。眼前的景物让我不时怀疑自己的眼睛，到底是人工雕琢的还是自然天成的？

来这里游览的人很多，操着各种口音，摩肩接踵，有时顾了欣赏而忘了移步，常常被后面的人吆喝催促，总是带着

架设在七彩丹霞上的步行小道

万般无奈的遗憾一步三回头。

游客中很多是带着小孩来的，只见大人们对着彩色的世界给孩子说着什么，孩子们都睁大眼睛看着，很明显，他们是在给孩子打开智慧的天窗。有不少小孩还拿着手机有模有样地拍摄着。

游客中还有很多外国朋友，一对年轻白人的表现十分突出，他俩对着七彩丹霞指指点点，时而坐着，时而躺着，说说笑笑，旁若无人地摆着各种不同的姿势拍照。他俩的忘情表现感染了周围很多人，几个年轻人也学着他们的样子，要么自己照，要么与他们合照，合照中不时发出欢快的笑声，爽朗的笑声在山谷中回荡，给这个多彩的世界又增添了几分生气。我本想加入他们的队伍，但想到自己这把年纪便打住了，朝气已经不属于自己。远远地看着他们嬉戏，背衬着这多彩的世界也是一种极好的享受。

我对着这些美景不住地欣赏，不停地拍照，穷尽了自己所有的想象，生怕漏掉哪一处哪一点。

七彩丹霞

贵州赤水丹霞

欣赏着七彩丹霞，我不禁想到贵州的赤水丹霞，两者是不同的。赤水丹霞以单色为主，且主要为红色。赤水丹霞以面积大、宏伟壮观见长，而这里以浅丘、多色见长。多色中包括红、黄、橙、绿、青灰、黑灰、白灰等色调，由这些色调不同的搭配而形成的多彩是张掖丹霞地貌最亮丽之处。

丹霞地貌是地球上一种特殊地貌，在我国还有多处分布，我希望在有生之年我的双脚能一一踏足。

我边走边在心里感叹，大自然造物真的太神奇，在我们完全意想不到的地方鬼斧神工般地造出这么多梦幻的世界。

2017年9月27日于甘肃省张掖市

穿越千年的奇观——额济纳旗胡杨林

凡是看过额济纳旗胡杨林的人，一定会对那里的美丽景色赞不绝口。

额济纳旗隶属于内蒙古自治区阿拉善盟，地处中国北疆，位于内蒙古自治区最西端，与蒙古国接壤。当地土尔扈特蒙古语称额济纳旗为“先祖之地”。额济纳旗以胡杨出名，胡杨又名胡桐，蒙古语称陶来。额济纳旗现存胡杨林3万公顷，已被列为国家级自然保护区。胡杨被视为活的植物化石，被列为国家二级保护植物。额济纳旗胡杨林区是世界仅存三处之一。

看额济纳旗的胡杨林分两部分，一是看显示苍凉之美的胡杨林遗迹；二是看显示自然之美的胡杨林红叶。

在大漠深处的“怪树林”遗址内，形态各异、奇形怪状的胡杨枯木矗立在广袤的戈壁沙漠里，任凭风吹日晒，沙暴摧残，显得是那样悲凉。有的孤身自立，傲视天穹；有的相依相护，不离不弃；有的平卧横亘，至死也紧紧倚靠着大地母亲……从这些千姿百态的景象可以看出，千年以前，这里曾经风和日丽，雨水充沛，水草丰美，是万物生长的地方，胡杨是多么繁茂葳蕤。然而，由于河流改道，天不下雨，自

苍凉之美的胡杨枯木

然生态的改变将这里的所有生命尽皆摧毁，留在人们眼前的是一片死寂、荒芜和凄凉，带给人们的是无尽的遗憾和唏嘘。据这里的蒙古老乡讲，胡杨树活着一千年不死，死后一千年不倒，倒下一千年不腐。三个千年的顽强抗争，从这个遗址里可以看得明明白白。

地上和水中谁更美

企望把这些美景都带走

额济纳河沿岸的胡杨林的生态美主要表现在秋天。额济纳旗的秋天每天都是阳光高照，虽然胡杨林的四周被茫茫的沙漠包围，但这里既没有沙漠的荒凉，也没有遮天蔽日的滚滚黄沙，静静流淌的额济纳河将这里变成一片金色的宝地。每年10月上、中旬，额济纳河沿岸上万公顷的胡杨红的红、黄的黄，成片成片的红色、黄色和两色相间的美景震撼着每一位观赏者的心灵。早晨，随着太阳从东方地平线上缓缓升起，火红的阳光洒在红黄的树叶上，反射进我们眼球里的是一片灿烂金光；中午时分，直射的阳光透过层层树叶，在树林里形成万道霞光，站在树林里，透过树叶看天空，眼睛里全是光怪陆离的彩色世界；傍晚，太阳西下，伴着群鸟翻飞，倒悬在额济纳河里的五彩胡杨浮光闪烁，随着脉动的河水影影绰绰飘向远方。

在树林里，一条小溪蜿蜒迂回，把这些艳丽的美景全纳进自己的怀抱，水天一色。不论是远观还是近看，眼力所及都是惊喜和感叹。走在树林里，人们全身霞光万道，不需要刻意的打扮，也不需要更换什么华丽的服装，每个人都美得如天仙一般。

树林里空气清新，软绵绵的草坪上铺着厚厚的落叶，伴着阵阵微风，五颜六色的树叶在空中飘忽，我的头上、身上都有落叶，它们的到来让我惊喜，舍不得将它们弹走，而是带着它们在林中漫游。大多数游客都不愿匆匆离开，或三五成群地围坐在一起谈天、做游戏；或推着婴儿车，偕着爱人在林中漫步；或独自躺下，仰望着天空发呆；或猛按相机，企望把这些美景都带走。

整个胡杨林，带给人们的尽是欢乐和幸福。

2017年10月1日于内蒙古自治区额济纳旗

沙漠里的温暖——记京新高速遇险

当游览完额济纳旗的胡杨林后，我们决定不走回头路，而是沿着刚刚通车的京新高速（G7）到巴彦淖尔，因为网上对这条高速赞不绝口，我们也想去看一看。

额济纳旗到巴彦淖尔大约680千米路程，这是一条穿越巴丹吉林沙漠的沙漠公路，属无人区，2017年7月15日刚通车。崭新的路上车辆不多，平直的路面上不时刮起横风，吹得小车轻飘飘的，老伴只得把车速放得很慢。道路两边是无边无际的沙漠和光秃秃的山头，辽阔的沙漠里除了偶尔能看见几头骆驼外（不知是家养的还是野生的），什么也没有，我们一辆小车走在这样的无人区里显得十分的孤独、寂寥。

横风裹着黄沙在公路上肆虐

为了排除寂寞，车上4个人除了老伴外，其余3人轮流讲故事、说笑话和唱歌。一

窗外偶能见到的骆驼

路的欢歌笑语把外面的荒漠完全置之度外了。

到了中午时分，大家的肚子开始叽叽咕咕地叫，离服务区还很远，我们便决定在路边找个地方用干粮简单对付一顿。车开下高速，沙漠里一马平川，刚离开高速公路五六米远，令我们意想不到的意外发生了。

首先是左后轮陷进沙漠里空转，我们全部下车，把周围能够找到的坚硬一点的东西收集起来填在轮下，一番折腾后左后轮总算起来了。此时我们马上意识到不能再往深处走，打算调头回到公路上，可刚一打方向盘，右前轮又陷了下去。我们赶忙把刚才垫左后轮的那些东西刨出来填在右前轮下面，但这次怎么也不管用，3个人把所有力气都使出来推车，力图把车弄出来，但车轮不仅起不来，反而飞转的车轮就像一把大铁铲一样，把下面的沙卷出喷向我们，3个人从头到脚来了一次彻底的沙浴，而且车轮越陷越深。眼看轮轴就要埋进沙里，车也严重倾斜，我们知道凭我们的能力已经不可能将其弄出来，4个人完全傻眼了。

在我们弄车的一个多小时里，很少有车辆经过。我们想

深陷沙漠里的爱车

到电话求救，但额济纳旗和巴彦淖尔之间不要说县城，就连大的集镇都没有，我们处在额济纳旗和巴彦淖尔之间，两个地方即使派救援车来，也不知要多长时间。这条高速刚通车，沿途的服务设施还在建设中，从我们行驶的几个小时里就没有看到几个服务区，偶尔看见的服务区条件也十分简陋。要指望两地或服务区来救援，看来十分不现实，怎么办呢？

我们走上高速公路，望着来车方向，翘首以盼，希望有来车帮助。大约20分钟后，终于看见一辆大货车，我们拦下大货车，向师傅述说了我们的遭遇，其实不说师傅一眼也看得出。这位师傅很好，答应试一试。师傅下车观察了一番地形，上车将大货车开下高速，可刚开出一两米，前轮就出现下陷和打滑的现象，师傅不敢再往前开，急忙退回到高速上，他随车带的缆绳够不着我们的车，师傅便十分遗憾地告诉我们，他无能为力。看到这一情况，我们不好勉强师傅，只得眼巴巴地看着他离开。

又等了半个小时，只见一辆小货车开来，我们拦下小货车。小货车是空车，一对夫妇大约40来岁，十分憨厚，见我们的遭遇，二话没说便把车开下高速。两人看来很有经验，把车紧贴高速停下，一边准备救援，一边告诉我们，这些地方表面看起来很硬，但下面都是沙，很软，不能在上面行车。我们已经领教了这种地方的厉害，因此对两夫妇的话理解得特别深刻。小货车上的缆绳正好够得着我们的车，当两车系好后，眼看就要走出困境，我们心里别提有多高兴！

小货车点火、启动，我们目不转睛地盯住缆绳。缆绳慢慢绷紧，可刚一着力，我们的车只微微动了一点，只听得“噗”的一声，缆绳在中间断了。我们像卸了气的皮球，失望极了。重新接上后再来一次，缆绳又断了。此时缆绳再接上已经够不着两台车了。反复断绳的原因是我们的车陷得太深，阻力太大。满怀的希望破灭，4个人沮丧到了极点。

这样折腾又花了一个多小时，时间已到下午4时多，离天黑已经不远了，我们非常着急。

就在缆绳再次崩断的时候，一辆越野车从我们旁边急驰而过，但在前面不远处又突然停了下来，车上下来一个人朝我们这边看了一会儿又上车走了。因为我们的注意力全部集中在缆绳上，完全没有注意到这辆车的行为。

就在我们束手无策、绝望的当儿，一辆车从来车方向驰来停在我们旁边，从车上下来一对夫妇，50来岁，从衣着一看就知道是旅行家。两人慈眉善目，对我们说，刚才看见车陷在沙漠里，而且天很快就要黑了，便从前面掉头回来，看能不能帮上忙。绝望之中听到如此温暖的话语，我们4个人感动得几乎都要哭了。两人见小货车的缆绳已经不行了，便打开自己的后备厢，拿出一套救援器材，当看到他们这些东西时，我们知道得救了。

在小货车夫妇的协助下，我们的车很快被拉出沙漠，拉上了高速公路。眼见爱车又重新回到高速公路，老伴此时再也忍不住，抱住4个救命恩人失声痛哭起来。我们3人在旁边也是喜极而泣。

小货车夫妇看见我们的车上了高速，对我们说，他们的货主还等着他们，叮嘱我们不要再离开高速公路后，便急匆匆走了。我们当时正处在得救的亢奋之中，完全没有反应过来应该留下他们的姓名、电话和车牌号。当回过神来时，他们的车已经开出很远。这一疏忽，给我们留下了终身的遗憾。

越野车夫妇是北京人，两人一口地道的京腔让人听起来十分亲切。两人一直不肯说出自己的名字，只是说姓官，但愿意留下电话，交个朋友。

真正的善人就是这样，留给世间的永远只是他们的善举和笑脸。

左 1，越野车恩人；左 2、3，小货车恩人

右 3，越野车恩人

以上两张照片权作为我们对 4 位恩人的感谢和怀念吧。

这条路，既让我们尝到了惊吓的苦涩，也让我们体味到了人间真正的温暖。这条路、这一天，成了我们永远的记忆。

2017 年 10 月 2 日于宁夏回族自治区银川市

西夏王陵的悲伤

据资料介绍，西夏王朝是曾经雄踞我国西北地区、历经189年历史的封建王朝。其王陵位于宁夏银川市西30千米的贺兰山东麓，是目前国内最大的西夏陵园，也是国内现存规模最大、地面遗址最完整的帝王陵园之一。

用西夏文字标识的景区大门

但当我们走进陵园，眼前的景象让我完全没有想到这就是曾经称霸一时的帝国君王的陵寝之地。在方圆50多平方千米的土地上只是零零星星地散落着一些黄土堆，其他什么也没有，与我所见过的唐陵、明陵、清陵简直没法比，我曾经怀疑是不是人们搞错了。

但事实是它是真的，它就是西夏王陵。为什么会沦落到如此地步？

王陵一角

境况实在是太惨了。

在西夏王陵博物馆，我找到了答案。

公元1038年，党项人李元昊建立西夏王朝，历经10代，其实力日渐强大。最初与北方的辽朝和中原的宋朝并驾齐驱，后来又与漠北的大蒙古国、北方的金朝和南方的南宋并存。但随着大蒙古国的迅速崛起，西夏王朝被抛在了后面。大蒙古国在成吉思汗的领导下，平定了其他草原部落的反抗，统一了北方广袤的土地后势力大增。为了实现更大的领土扩张野心，他首先瞄准的就是眼皮底下的西夏王朝。经过多次战争，西夏王朝被打得七零八落，最后于公元1227年，成吉思汗亲率大军攻打，落后的西夏王朝最终被打败，都城中兴府被攻下，西夏王朝最后一个帝王李睍投降。成吉思汗打下西夏后，大肆进行烧、杀、抢、夺，房屋被烧毁，党项人几乎被杀光，李睍也被成吉思汗的儿子拖雷杀掉。只有极少部分人幸免逃脱，跑到现在的四川甘孜州一带，后来不知所踪。王陵在被抢夺后也被成吉思汗一把火烧掉，由于以后再没有人打理，荒废加上流沙的掩埋，这里便逐渐变为废墟，西夏王朝就此灭亡，一个曾经辉煌189年的帝国从此

王陵一角

在大地上消失。由于史书对这段历史记载很少，西夏王朝渐渐被人们遗忘，党项人所创造的文明也几乎走到尽头。直到1972年，兰州军区决定在这里修建一座小型机场，工程开工后发现一些古代遗迹，后来陆续的考古发掘，尘封近800年的西夏王朝重见天日，逐渐揭开面纱，王朝历史才开始为世人所知晓。

因为时间太过久远，加上没有多少资料佐证，人们对西夏王朝的了解实际才刚刚起步，这个王朝的过去，它所创造的辉煌历史，诸多的不解之谜有待人们去发掘、研究。

在观看西夏王陵遗迹和展览的同时，也让我看到一个铁的事实：人类自古以来就有恃强凌弱的本性，他同自然界的所有生命体一样，都是以大欺小、以强凌弱，植物是这样，动物是这样，哪怕是我们肉眼见不到的微生物也是这样，都是以压制和牺牲他人而获得自己生存和发展的机会。有鉴于此，作为一个人、一个企业、一个民族只能走自立自强的道路，在适者生存的自然规律面前争取成为强者。

2017 年 10 月 3 日于宁夏回族自治区银川市

拜谒黄帝陵

黄帝陵一直是我想拜谒的陵墓，游完延安后便直奔这里。黄帝陵位于陕西省延安市黄陵县城北的桥山之上。

黄帝是中华民族的始祖，亦称轩辕黄帝，公元前2000多年前统一中原各部落后，形成统一的中央集权。统一后实行田亩制发展生产，发明杵、臼，开辟园和圃，种植果木蔬菜，种桑养蚕，饲养兽禽，进行放牧；发明机杼，进行纺织，制作衣裳、鞋帽、帐、毯、裘、华盖、盔甲、旗、胄；制造碗、碟、釜、瓶、盘、盂、灶；炼铜，制造铜鼎、刀、钱币、铜镜；建造宫室、銮殿、庭、明堂、观、阁、城堡、蚕

黄帝陵

室、祠庙；制造舟楫、长矛、弓矢、弩、号角、兵符、云梯、剑，还开始了熟食、粥、饭、酒、肉，使用称、尺、斗、规矩、墨砚、几案、印、珠、火、灯、床、席等。中华民族从此在地球上诞生并走向文明，一直延续至今。

黄帝陵很大，十分宏伟，由轩辕广场、黄帝庙、祭祀广场、轩辕殿等几部分组成。停车后，我们来到轩辕广场，广场很奇特，地面全由大小几乎相同的鹅卵石铺就，听导游介绍，知道这是5000块秦岭天然鹅卵石，象征着中华民族5000年悠久历史。穿过轩辕广场，经过轩辕桥，进入桥山，拾级而上，迎面3个大字赫然醒目——“轩辕庙”。进入轩辕庙山门后，庙内参天古柏林展现在眼前，棵棵古柏老态龙钟但都长得很茂盛，有的要3人合抱。有一棵据说是黄帝亲手栽种的，在庙内古柏林中算是树中之王了。穿过古柏林，再拾级而上就是偌大的祭祀广场，每年清明节的祭祀活动都是在这里举行的，想想在电视上见到的那隆重、热烈的场面，我的心立刻澎湃起伏、激动起来。广场尽头的轩辕殿高大雄伟，在蓝天白云下显得十分庄重、威严。黄帝陵冢位于桥山山顶正中，由青砖砌成的花篮围着，静静地簇拥着我们的始祖。

在始祖的墓碑前，我和老伴向始祖恭恭敬敬地跪拜以表敬意。

瞻仰了陵墓后，我们来到轩辕庙碑廊，这里陈列着历朝历代各种各样的碑刻，各种名人、伟人的手书举目皆是。我

传说是黄帝亲手所栽的柏树

看到了毛泽东1937年写的“祭黄帝陵文”全文，看到了邓小平的题词“炎黄子孙”，看到了江泽民的题词“中华文明源远流长”，看到了孙中山的祭奠词“中华开国五千年，神州轩辕自古传。创造指南车，平定蚩尤乱。世界文明，唯有我先”。还看到了蒋介石的手迹“黄帝陵”。其中两座碑刻十分引人瞩目，一是北宋嘉祐六年（1061年）宋仁宗赵祯下的圣旨，责成地方官员在黄帝陵植树和看护树林；二是元泰定帝二年（1325年）泰定帝颁布保护黄帝陵敕令，要求保护轩辕庙建筑，严禁砍伐桥陵树木。两座碑刻的字迹虽然已经模糊不清了，但就能够辨认的字里行间里透露出的对黄帝的赞颂和对黄帝陵的保护意思还是能够看出来。

向始祖轩辕黄帝表示敬意

欣赏完碑刻后，我们兴致未了，围着陵园又转了几圈，充分感受了这一圣地的浓浓氛围后才恋恋不舍地踏上返程的路。

2017年10月4日于陕西省西安市

神秘的小雁塔

来西安已经好几次了，这里的名胜古迹也几乎游遍，秦兵马俑、华清池、大雁塔、乾陵等，有的已经游过两三遍。本来这次计划不在西安停留而直接返渝，但同行的两位女士还没有来过西安，于是，为了让大家都能玩痛快，临时决定在西安停留一天。

两位女士游秦兵马俑和华清池去了，我和老伴闲来无事，便在街头溜达。突然，我看见前方不远处有一座塔的身影，表面上看好似大雁塔，但显然不是大雁塔，有些纳闷，请教旁边的本地人，说是小雁塔。我俩都没有拜谒过，正好可以混混时间，便循着路径前往。

远处的小雁塔

小雁塔位于西安市南郊的荐福寺内，与现在的西安博物院合为一体，是西安博物院的组成部分。小雁塔建于唐景龙年间（707—710年），与大雁塔同为唐长安城保留至今的重要标志性建筑，对今天的人们了解唐朝时期的建筑艺术、宗教仪轨和风土人情具有重要的历史价值。据资料介绍，该塔是当时皇宫里的宫人（主要是宫女）不甘寂寥，为了自己有一个更好的来世，寄托于佛祖拯救而集资修建的。该塔专门用来存放被誉为佛教四大译经家（鸠摩罗什、真谛、玄奘和义净）之一的唐代高僧义净从印度带回的经卷、佛图，同时也是义净译经的地方。由玄奘（《西游记》中唐僧的原型）带回的经卷、佛图则存放在大雁塔。大雁塔和小雁塔两塔相距仅 3 千米，因此两塔遥遥相对，成了佛教信徒心目中的教义宝库。

小雁塔与传统佛塔的不同之处是塔身为方形，逐级缩小最后成为锥形，原为 15 级、约 45 米高，现为 13 级、约 43 米高，与大雁塔的外形极为相似。这是佛教传入中国后被中国化的典型物证，它集中反映了古代中国人民的聪明才智。

小雁塔还有一大奇观，就是在历史上三次被地震震裂，又三次由地震将其愈合的奇迹。

据介绍，明成化二十三年（1487年），陕西发生了6级大地震，小雁塔塔身自上而下被震裂了一条一尺多宽的缝，然而在明正德十六年（1521年）即34年后的又一次大地震中，裂缝居然在一夜之间合拢了。

小雁塔

第二次裂和合是在明嘉靖三十四年（1556年），华县一带遭受大地震，小雁塔受到波及又一次一分为二，到明嘉靖四十二年（1564年）地震，塔身又合拢了。

第三次是清康熙辛未年（1668年）和辛丑年（1721年），上述现象再次重演。

小雁塔的这种分分合合现象，为小雁塔蒙上了一层极其神秘的色彩，为此，几百年来人们众说纷纭，莫衷一是。

小雁塔类似这样的奇闻轶事还很多，看着一点一滴的介绍，我才感到今天真的是歪打正着、不虚此行。

2017年10月6日于陕西省西安市

住在藏家

朋友先于我们到达亚丁，告诉我们亚丁海拔高，高原反应强烈，而亚丁山下的香格里拉镇海拔不到 3000 米，高原反应相对要小些，建议我们住香格里拉镇，第二天再从镇里到亚丁游玩。他还说，他们在香格里拉镇时住在一藏家，这一家人很好，建议我们也住在这家，并把主人的电话给了我们。朋友已经实践过了，我们自然跟着朋友的感觉走。

亚丁美景

因为 2015 年来康定玩过，所以决定不在康定停留，而是直奔目的地。

我们吃过早饭便从康定出发，康定到香格里拉镇大约 600 千米，全程柏油路，路面平整，但道路崎岖，翻山越岭。从翻越折多山（海拔 4962 米）开始到乌尔寺山（4412 米）、剪子湾山（4659 米）、卡子拉山（4718 米）、兔儿山（4696 米）、海子山（3400～5050米）、波瓦山（4513米）、牛郎神山（4760米），高原反应折磨得我们的头像要炸了似的，很难受，只是在雅江、理塘和稻城几个县城顺道转了转，看了看这些县城的风貌并到当地邮局盖了我们期望的日戳，便一直前行。当到达香格里拉镇时已经是下午5点过了。

主人家的小儿子远远就接上了我们，领着我们走进他家。这家藏家的住房十分宽敞，4室1厅1厨1厕，4室中3间用作居室，1间用作经房（藏家如何称呼我们不得而知，是他们每天念经的地方），客厅很大，估计至少在50平方米以上。旅游旺季时，主人将3间卧室腾出来接待游客，自己住客厅。3间房里都是单人铺，虽然没有其他设施，但床单、被褥雪白，很干净。

兔儿山

进屋后，我们问主人吃过晚饭没有，得到否定的回答后告诉他们不要做了，由我们来做。3个女人分工合作，便忙活开来。在康定出发时我们特地买了一大块牦牛肉，切下三分之二，再加上他家的土豆（朋友已告诉我们他家有很多土豆，但不知是自己种的还是买的），做了一大锅土豆烧牛肉和酸菜粉丝汤，再加上两个素菜，7个人吃得津津有味，特别是那个小儿子狼吞虎咽一阵后才说，太好吃了。男主人就菜喝酒，嘴里冒出些我们听不懂的话语，但从神色看得出来是赞扬的话。女主人的年龄看起来比男主人大了不少，普通话还算过得去，一边吃一边向三位女士打听这些菜的做法，看来这顿饭让这家人开了眼界。

由于白天头痛欲裂，到了这里，相对于那座座高山的高原反应几乎可以忽略不计，一晚大家都睡得很香。一觉醒来，女主人已做了一大锅酥油茶等着我们，热气腾腾的酥油茶虽然味比较大，但还是能够接受，我们也不客气，每人喝了一大碗，伴着糌粑，一早的饭量就够了。

吃过早餐，我们便开车上山，出发前我们告诉女主人，晚餐仍由我们做。来到亚丁景区，这里的自然风光的确名不虚传，碧蓝通透的海子、辽阔的草甸、壮丽神圣的雪山和五彩斑斓的森林交相辉映，人人都举起手中的相机、手机咔咔拍照。

潇洒的 3 个女人

主客饭后聊天

我们自然也是一边欣赏一边拍照，把美景都留在了手机里。

饱览了亚丁的美色后，头痛又开始了，景区的海拔也是4000多米，4个人都感到头重脚轻，直觉告诉我们该下山了。

回到香格里拉，我们直奔超市，买好晚餐的食材后才回到藏家。

3个女人用剩下的牦牛肉做了一盘牛肉炒胡萝卜丝，又炒了一盘土豆丝和两道素菜，做了一钵鸡蛋番茄汤，另外还特地为男主人做了一盘鸡丁花生米当下酒菜。当菜、汤端上桌时，男女主人和小儿子乐不可支，脸上堆满笑容，小儿子也像昨晚一样，大快朵颐。

晚餐结束后，大家都没有离席的意思，开始聊起家常。这时我们才知道，旁边一幢一楼一底的房子也是他们家的，他们住不了，租给别人开了宾馆。而且这家人的大儿子在沈阳读大学，正在准备考研究生，小儿子在四川师范大学学旅游专业，现正在一家旅行社实习，他打算毕业后回家乡创办一家旅行社，利用家乡优质的旅游资源大干一场。对于小伙子的雄心壮志，我们给予了充分的肯定，在大力鼓励了一番后把我们这么多年来的旅游心得告诉了他，作为他创办企业的参考。小伙子看来是听进去了，不住地点头。

两个晚上住在藏家，从这家人的现状可以看出这里的藏族同胞的生活状况很好。

2017 年 10 月 19 日于四川省香格里拉镇

人间仙境光雾山

光雾山，位于四川省巴中市北部，海拔 2507 米，为米仓山主峰。整座山位于我国东西向的昆仑山—秦岭—大别山中央造山带与纵贯中国腹部南北向的贺兰山—六盘山—龙门山—康滇地轴直交的十字形构造带中心，处在我国南北喀斯特地貌分界线上，是我国南北喀斯特界线上的一颗璀璨明珠。

光雾山景区大门前广场上，一块巨石上篆刻着一句醒目的话：“人间仙境光雾山”。

人间仙境——光雾山

光雾山美景

走进秋天的光雾山，真的就如走进仙境一般。

乘坐景区的观光车一路爬升，山路陡峭，弯道众多，随着四周山峦的起伏，来到兰沟桥红叶观赏区。一条长达 4 千米的沟的两边，在满山遍野的树林里，红的、黄的、绿的以及介于这些单色之间的铁红色、红黄色、墨绿色等颜色把整条沟染得五光十色，在阳光的照耀下更是鲜艳夺目。

沟底，一条平坦的公路将美景聚合在人们的视野里，我们一边漫步，一边观赏，一边拍照，一步一景，让人目不暇接。走累了，我们便下到沟底的溪边玩水，只见潺潺流水，如水银般明净，清澈见底，尽管天气已经见凉，一股想下水蹚一蹚的躁动仍然无法控制。于是，大家都脱鞋挽裤跳进水中，在淹没半膝的水里嬉戏。玩了一会儿水，又重新上岸找了一片鹅卵石地躺下，吮吸着清新的空气，仰望着蓝天白云

忘情在沟底的小溪边

小憩。走进沟里的那一刻，我们已经完全没有了时间的概念，有的只是忘情地和大自然亲密接触。徜徉在这五彩缤纷的世界里，我们的灵魂早已飘出体内，游荡在这漫无边际的美妙仙境里。

香炉山是光雾山的又一美景。山如其名，烟雾缭绕，就像偌大的天宫中的一座香炉矗立在我们的眼前。袅袅云烟，随风而起，有时像一缕薄纱，让群山掩映在隐隐约约、朦朦胧胧之中，就像众仙女刚从山下玉潭里沐浴而出，身披柔纱款款向你走来，给人以无限的遐想。有时又万里无雾，霞光万道，满山红遍，层林尽染，艳丽的美景让人心跳不已。站在香炉峰上，极目远眺，不论是云遮雾罩，还是碧空如洗，透过光与雾之间变幻莫测的美景都让我们浮想联翩，感慨万千。

游完兰沟桥红叶观赏区和香炉山后，我们又驾车来到闻名遐迩的十八月潭景区。在十八月潭景区，顺沟而下的十八个水潭就像天上的瑶池降落人间，白的冰清玉洁，红的犹如玛瑙，蓝的透着宝石般的荧光闪闪发亮，一条小溪将众多水潭串联起来，就像一条彩链将十八颗晶莹剔透的珍珠串成一串，古朴而不失灵秀，粗犷而又韵致。水潭清澈明亮，潭边铺满厚厚的红叶，柔和的阳光透过小溪两边山野上色彩斑斓

小溪、瀑布、水潭以及铺满山涧的红叶

的树林漫射到潭面上，犹如一条条彩虹飞挂林间。在水潭边，很多不知名的小鸟一会儿直飞云天，一会儿潜入水底，叽叽喳喳，为山涧增添了几多灵气。小溪和水潭间形成了许多瀑布，层层叠叠，流水清清，泉声叮咚，整个景区就像灯火辉煌、歌舞升平的天宫，美得让人窒息。

啊！光雾山就是这样以它的千姿妖娆、万般妩媚展现在我们的眼前。

2017 年 11 月 7 日于四川省南江县

泥土的温暖——观东川红土地

东川红土地位于云南省昆明市以北偏东方向，昆明市东川区红土地镇。

红土地是一种自然现象，就是土壤中含铁的成分比较重，经雨淋、太阳晒氧化后形成的。东川的海拔在 1800 ~ 2400 米，特殊的地理位置形成了这种特殊的自然现象。

站在红土地镇的任何一个地方，或低头凝视，或极目远眺，视野所能看到的地方都是一块块大小不等的红土地。我们到时有的刚刚翻耕过， 有的上面种有庄稼，红色和绿色交错，让起伏的大地看起来似乎铺上了一层色彩斑斓的地毯。听旁边的老乡介绍，下过雨后的红土地更好看。因为经过雨水的浸润，土壤的色泽将更加鲜亮，特别是雨过天晴，阳光高照，景色更加绚丽。我们的运气没有那么好，没有遇到下雨，不过老天爷也没有辜负我们，将一片蓝天白云给了我们。高原的天是格外的蓝，云是格外的白， 一束束阳光从云朵中穿出，投射在大地上，云朵在空中漂移，阳光在大地上游曳，让这片大地忽而红得耀眼，忽而绿得剔透。大自然的造化就是这么神奇。

路边有一家四口正在种土豆。下乡返城已经 40 多年了，

已经种好土豆的红土地

看见 4 个人正在劳作感到格外的亲切，于是走上前与他们打招呼，询问他们在这样的土地上种庄稼收成怎样？正在打窝的男人回答说还可以，但要多施肥。我问他施的是什么肥？因为现在的人们对过度施化肥、打农药很敏感，好奇心驱使我想了解了解。男人没有在意我的别有用心，用手指了指不远处的女人，说，施的就是她手上拿的农家肥。我走近一看，是一团团黑黑的泥土，不解地问这是什么农家肥？女人告诉我，这是人、畜粪便和腐殖土混合以后再堆码发酵而成的，肥效很足。只见她一窝撒一把，两个小男孩其中一个 8 岁左右的往窝里放土豆种子，一个 10 岁左右的用铲子再铲一铲土盖上，4 个人分工合作，已经种了很大一片地了。男人很自豪地告诉我，红土地上种出的土豆很好吃，他这片土地的土豆已经有人包销了。红土地上种出的土豆好吃是不是与土地含铁的成分有关，我还没有从资料上找到答案，但他们施的纯粹农家肥，没有催生催长的人为干扰，土豆按照自己的生长规律自然生长，这样长成的土豆味道肯定很纯正。

看到这家人的辛勤劳作，我心里在想，许多人到东川可能仅仅是对这片红土地感兴趣，看看风景，拍拍照，最多上网再发表一番感慨。其实，东川的红土地不仅仅是被观赏，它更重要的使命是要养活它背负的人。想到这里，我不禁蹲下身子，捧起一捧红土，40 多年前渴望有个好收成的迫切心情被再次唤醒，心里由衷地发出：拜托了，红土地，给他们以最好的收获吧，谢谢您，红土地！

2018 年 2 月 24 日于云南省昆明市东川区

相遇美丽——观元阳梯田

几个朋友都建议我到云南看元阳梯田，但我一直认为生为南方人，出门到处都是梯田，况且已经看过广西的龙脊梯田了，还有什么可看的，因此，总是一笑置之。最近，又有朋友鼓动我，说看了元阳梯田，天下的梯田都为之逊色，可以不再看了。见这么多朋友都认可元阳梯田，我便在这次云南、贵州环线游的方案中将之放了进去。

元阳梯田位于云南省元阳县的哀牢山南部，是哈尼族人世世代代留下的杰作。据资料介绍，哈尼族居住在 1400 米到 2000 米的山上，这里气候温和，雨量充沛，年均气温在 15 度左右，全年日照 1670 小时，非常适宜水稻生长，故哈尼族人自隋唐进入这个地区以来就开始垦田种植水稻。在 1400 多年时间里，哈尼族人倾注了数十代人的心力和劳力，发挥了惊人的智慧和勇毅垦殖梯田。哈尼族人开垦的梯田随山势地形变化，因地制宜，坡缓地大则开垦大田，坡陡地小则开垦小田，甚至沟边坎下石隙也开田，因而梯田大者有数亩，小者仅有簸箕大，往往一坡就有成千上万亩。

2013 年 6 月 22 日第 37 届世界遗产大会上红河哈尼梯田被列入世界遗产名录。

元阳梯田美景

当走进元阳梯田，眼见其壮丽的景观，彻底颠覆了我对梯田的认识，才深知自己以前的观点错了，完全错了。

元阳梯田与大多数南方梯田不同的是规模十分宏大，从山上到山下，从这座山到那座山连成一片。从水平看，水田随形就势，田埂婀娜曲折，无限延伸，首尾不见。走在田埂上，就像走在平衡木上一样，四周全是水的世界，田埂弯曲着伸向远方，一颗怦怦跳动的心脏迫使我双眼死死地盯着脚下；从垂直看，漫无边际的水田层层叠叠，忽高忽低，像水波一样，一级追着一级，逐级展开，层层上升，块块相连，宛若天梯，直达云霄。我们到时，秧苗还没有下田，只见万千块梯田就像万千块平放的玻璃镜，青山和蓝天白云映在镜中，万道霞光直冲云霄。透过霞光，远远地看见梯田里有耕牛犁田，农人维修田埂，在广袤的田海里忽明忽暗，忽隐忽现，把山水点缀得如梦如幻。这样壮观的景象让我不得不

元阳梯田美景

赞叹这种美到极致的巧夺天工之作。可以说，没有哪一位画家的画作能与这自然山水风景相媲美，所有的风景画在它的面前都显得浅薄、渺小。我穷尽了所能想到的形容词，找不到一个恰如其分的词语来形容它的美。我在它的面前十分卑微，只能跪着欣赏这一大地艺术。

元阳梯田在元阳境内到处都可以见到，但最佳观赏点主要是老虎嘴、多依树和坝达，3 个景点都让我如醉如痴，流连忘返。

元阳梯田是哈尼族人 1400 多年来辛勤劳动的结晶，是哈尼族人利用自然和改造自然的杰作。它彰显着哈尼族人的聪明才智，像一颗明珠在祖国西南边陲闪闪发亮。

2018 年 2 月 25 日于云南省元阳县

唯有此处峰成林——观兴义万峰林

电视广告上，贵州马岭河峡谷风光旖旎，很吸引眼球。循着广告，我们来到贵州省兴义市。

当游览了马岭河峡谷后，兴义的另一个景点——万峰林却引起我们更大的兴趣。

这是一处由喀斯特地貌形成的尖锥山和平坝构成的奇特风景。

景区的管理者在风景区的对面半山腰特意打造了一条观光

万峰林美景

万峰林美景

公路，站在观光公路上，这一奇特风景一览无余。远远望去，油菜花的金黄和尖锥山的青绿，再加上白墙黑瓦的农舍，构成一幅美妙绝伦的田园风光画。整齐的油菜花随风摆动，金黄色的花浪一波接着一波，摇曳的花浪与静静矗立的青山，动和静在这里得到了和谐的统一。尤其有一处，花浪围着一个中心点，一圈一圈展开，就像大海中的漩涡，旋转延展，无限延伸，最终消失在无尽的花海中。

观光车载着我们一站一站地走，我们一站一站地下车欣赏、拍照。每一站下面都有不同的景色，人们对着这些美景有拍不完的照，摆不完的姿态，只听见不绝的赞叹声，不停地要求观光车驾驶员走慢一点，再慢一点。

我们刚从云南的罗平过来。罗平的油菜花因其规模大，连片成海而让人震撼。这里却是另一番景象，花中有青山，青山下是花海，两者相映成趣。

矗立在花海中的青山其高度和山体都惊人的相似，就像大地母亲一起生出来的多胞胎一样，一座山就是另一座山的复制品，神奇得让人不敢相信自己的眼睛。我请教导游，导游告诉我，大约在 3.64 亿年前，这里还是一片海洋，后来随着地壳的变化，海水退去，海底裸露形成陆地。在烈日的烘烤和雨水的冲刷下，在二氧化碳和有机酸的作用下，石灰岩的地面裂缝、脱落，一层层下降，逐渐形成今天的尖锥山和平坝。座座青山遍布在长 200 多千米，宽 30 ~ 50 千米，总面积达 2000 余平方千米的环形山带上。浩瀚、气派、壮观、奇特的喀斯特地貌峰林大观被明代地理学家、旅行家徐霞客见后赞美道："天下山峰何其多，唯有此处峰成林。峭峰离立分宽颖，参差森列拨笋岫。"人们根据徐霞客的赞美诗便将这里称为"万峰林"。万峰林气势磅礴，景观奇特，壮如千军万马，奇如海洋波涛，美如水墨画卷，犹如一条风彩玉带，把

万峰林美景

大地装点得妖娆妩媚。

观光车载着我们从山上下到平坝，穿行在金色的田野、弯弯的小河、静静的村寨、茂密的森林和峰与峰之间，油菜花浓郁的芳香扑面而来，蜜蜂追着观光车探奇，美丽的风景一帧接着一帧，一幅接着一幅在眼前闪过又在眼前出现，一种回归自然、返璞归真的感觉油然而生，仿佛在梦境一般。

万峰林地区居住和生活的是布依族和苗族同胞，我很嫉妒，这么好的风景都被他们独占了。

2018 年 2 月 27 日于贵州省兴义市

亚洲第一廊桥——黔江风雨廊桥

黔江风雨廊桥位于重庆市黔江区濯水古镇，2010 年 3 月第一次到这里时，听说这里正在建一座亚洲第一的风雨廊桥，本想去现场看看，了却先睹为快的心理，但朋友说现场很乱，叫我们建好后再找机会去看。

第二次是 4 年后，也就是 2014 年 5 月，朋友再次相邀到黔江玩，想到前次没有看到廊桥，提出夙愿，但朋友面露难色，说桥建好后不久便被一场大火烧了，只剩下几个桥墩，没啥看的。心里一阵失落，但朋友说，大桥还将重建，失落的心情顿时有了一丝慰藉。

今天，再次来到黔江，目的十分明确，就是专门来看廊桥，了却 8 年来的心愿。

修复后的风雨廊桥桥身全木结构，长 303 米，宽 5 米，高 8 米，桥上建有 3 层塔亭，塔亭内有自由开合的雕花木窗和红漆长凳，整座廊桥像一弧漂亮的彩虹横跨在阿蓬江上，大气磅礴，确实不愧为“亚洲第一廊桥”。

走近廊桥，高大雄伟的桥头亭矗立在眼前，飞檐翘阁，一派土家族的建筑风格。漫步桥上，木板铺砌的地面十分平整，四面通透，视野毫无遮挡。桥两边设置有美人靠长椅，

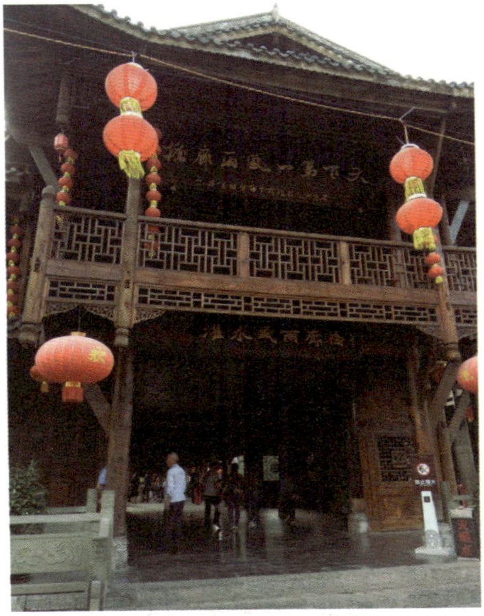

桥头

坐在长椅上，近看阿蓬江，江面平静如镜，水面薄雾泛起，不时有小鱼跳出水面，激起一圈圈涟漪；远看青山，连绵起伏于天际线上，把蓝天勾勒出一条形态优美的波浪曲线。山下江边就是濯水古镇，灰砖青瓦的房屋，已经凹凸不平的青石板路，江边一棵棵历尽沧桑但又郁郁葱葱的黄葛古树，街道两旁的屋檐下挂着一排排红灯笼，踩着江水抡着洗衣棒洗衣的女人，越过古镇上空的高速公路上飞驰的汽车等，让安静与祥和，火红与激越在这里恰到好处地展现着。看看桥身，青瓦木梁，榫卯衔接，甚是牢固，没有一点晃动，安全感十足。走到中段的木质塔亭，我们拾级而上，登高望远，一种“更上一层楼”的快感油然而生。塔亭正中悬挂着一口大钟，预示着鸿运高照，让来往的过客安然自得，希望满满。大桥长长的护栏上全是各种形态的雕刻，栩栩如生。顶棚上相距不远处还设置有名人的桥题，题题寓意深刻，让人在欣赏中增加了几分思考。

风雨廊桥把江两边的人们联系在一起，逢赶场天，桥上人流如织， 挑子、背篼，以及鸡、鸭、鹅等农副产品都要从桥上经过。远方的人们走累了，放下包袱可以坐在桥上歇息一

桥中歇息

阵；下雨了，人们可以在这里躲雨避风；夏天，火红的太阳当头照，廊桥正好给了人们一个纳凉休憩的好去处。节假日或闲暇时，这里更是成了人们聚会的首选地，亲朋三五相邀，或坐在惬意的边椅上；或徜徉在宽阔的长廊里；或遥望山水；或吹牛谈天。冬去春来，廊桥见证了人们的追求、渴望和满足。

大桥外观

我在桥上一边欣赏一边胡思乱想，不知不觉已走了几个来回。8年的愿望终于实现，心情十分愉快。我在想，我可能还要再来，因为已经打听到每年的七夕节这里要举办土家女儿相亲会，那时的风雨廊桥肯定又是另一番景象。

2018 年 5 月 15 日

于重庆市黔江区

邮 戳 印 记

远去的“边城”

《边城》是一部深受人们喜爱的小说，作者是大名鼎鼎的沈从文。

小说描写的是20世纪30年代一座小城里发生的故事。这座小城地处3省交界，自然风光秀丽，民风淳朴，人们不讲等级，不谈功利，人与人之间真诚相待，相互友爱：外公对孙女的爱，翠翠对傩送的爱，天保兄弟对翠翠的爱和兄弟间诚挚的手足之爱，以及以歌求婚、兄弟让婚、外公和翠翠相依之情，反映出这座小城的人们的生活态度和生活方式，让人感到这里是又一处“世外桃源”。

洪安古镇

《边城》小说描写的背景地就是今天重庆秀山县的洪安古镇和湖南花垣县的茶峒古镇，因为《边城》火了，这两个镇也跟着火起来，两个镇便按照《边城》的描写做了一番改造，红红火火地搞起旅游。

为了实地感受《边城》，我们驾车先来到洪安古镇，将车停在停车场后就直奔翠翠岛。翠翠岛是清水江中的一个小岛，岛不大，转一圈大约 10 分钟。岛中央塑着一尊翠翠的雕像。淳朴美丽的翠翠和她的黄狗紧紧相依在一起，脸上淡淡的一丝忧伤，让人见后想到她那天真可爱的样子而爱怜不已。

看过翠翠后，我们来到小说中的拉拉渡。拉拉渡至今还存在。清水江上一条钢缆横跨两岸，摆渡船没有桨，只用一个木夹夹住钢缆使劲，船便驶向对岸。虽然拉拉渡没有变，但钢缆取代了绳索，铁船代替了木船，船上也没有了翠翠，只

翠翠和她的黄狗

有一位老者。拉拉渡是洪安古镇与茶峒古镇两地之间最快最便捷的交通工具，两镇居民来往全靠它，价格十分便宜，一次 2 元钱。为了感受当年翠翠摆渡的情景，征得老人的同意，我也拿着木夹装模作样起来，但摆弄了几下便手酸，没劲了，想到翠翠一直守着渡口， 白天黑夜为人摆渡，顿时惭愧起来。

渡船靠岸，岸上便是茶峒古镇。

古镇处在湘西大山深处，还保留着小说中的生活场景即湘西苗族、土家族的居住、生活习性，古城、古码头、吊脚楼、青石板路以及沿街的店铺。店铺中出售的都是湘西的土特产、手工针线活、种子、化肥、农药、农业生产工具等。餐馆的灶台临街设置，里面是四方桌、条凳，菜品都是当地的特色。炊烟缭绕，香气扑鼻，勾起我们极大的食欲，馋得我们一步三回头。打铁铺门前摆满各种生产生活用具，手拉风箱鼓出的火焰照得铁匠满脸通红，也映红了整个古镇，打铁发出的叮当声在古镇上空回荡。剃头铺里的椅子仍然是木制的，剃头匠使用的仍然是推剪和刮胡刀。看见这些已多年不见的行头，一种莫名的冲动把我推进剃头铺。师傅娴熟的手法特别是刮鬓角的刀

拉拉渡

清水江边的那条街

功让我 60 多年前曾有过的舒畅感流遍全身，仿佛又回到童年时代（那时母亲为了省钱，每次都是刮光头）。

古镇最有特色的街当属沿清水江那条街。在这条街上，苗家楼一字排开，临街全是店铺，卖的都是苗族的手工艺品，衣、帽、鞋、袜，以及各种银器、头饰应有尽有，店铺经营者都是当地人，讲的是苗语普通话，听起来稍感费力，但还是可以懂得其中的主要意思。

两个古镇与沈从文笔下的“边城”已相去 80 多年了。80 多年来，古镇的变化还不是很大，特别是经过修旧如旧的改造，沈从文笔下的那些过往仍依稀可见。不过毕竟相去已这么多年，现代社会的发展将农业文明排斥得很远很远，引用一个本地老者的说法：现在，利益和竞争将人与人之间的关系变得十分冷漠、紧张，金钱似乎已成为社会的主宰力量，“边城”的内在早已发生了很大的变化，不再是沈从文笔下的“世外桃源”了。

从这个意义上说，走进“边城”，看到的其实只是它的外在。

2018 年 5 月 16 日于重庆市秀山县

归迟——梵净山惊险之旅

10年前来过梵净山，那时既没有观光车，也没有索道，全靠步行，我们一行4人爬了一段路后，感到实在是太难走，没有继续爬。10年过去了，我和老伴已经走过了佛教另外四大名山，听说这里已经有了观光车和索道，于是决定完成心愿，寻访佛教的另一大名山——梵净山。

梵净山得名于“梵天净土”，位于贵州省铜仁市江口县，是武陵山脉主峰，海拔2493米，是世界自然遗产、国家级自然保护区、中国著名的弥勒菩萨道场，与山西五台山、浙江普陀山、四川峨眉山、安徽九华山齐名的中国佛教五大名山之一。

梵净山地标——梵天净土 弥勒道场

梵净山的标志性景点有红云金顶、月镜山、万米睡佛、蘑菇石、万卷经书、九龙池、凤凰山等。

这次梵净山之旅仍然是10年前的4人，缘分难得，大家相约一定要实现登顶的愿望,尽管此时的我们都是60岁开外的人了。

观光车和索道将我们送到终点后，到蘑菇石这段路虽然难走，但边走边聊慢慢走也走下来了，到时已是气喘吁吁。大家一边休息，一边欣赏风景。蘑菇石在中央电视台的荧屏上经常出现，颇为神奇，因此，不大的一块地面上挤满了人，大家都争着拍照留影。我本想取一个没有人干扰的镜头，等了好一会儿，始终找不到空闲，只好将就拍了一张留作纪念。

梵净山标志性景点——蘑菇石

离开蘑菇石后有两条路，一条路通向旧金顶，一条路通向新金顶，也就是红云金顶。我们先选择了后者，认为新的一定有新的气象。

一路下坡，大约 1000 米来到承恩寺，寺前有一块平坝，称为普渡广场。广场上聚满了人，有准备登山者，还有下来的人，都在这里稍事休息，准备下一个行程。我向一位刚从山顶下来的 20 多岁的年轻人打听上山的难度，他看了看我，面带凝重的神色说道："得努力努力才行！"他的回答让我有了基本的判断：登顶是比较困难的。

顺着登顶的台阶往上走，路边不时出现一些石刻，有的时间还比较久远。防护栏上挂着许多写着祝福和愿望的许愿牌。走出不到 1000 米，前方出现一个豁口，两边有铁链助力，中间一条几乎垂直的台阶只能容下一人攀登。我以为这就是年轻人所说的困难处，看看高度还不算太高，咬咬牙应该是可以上去的，在老伴和两位朋友的鼓励下，眼睛只盯着台阶（因我有恐高症），费了很大的劲儿总算登上去了。老伴和两位朋友以及旁边的许多游客都向我伸出大拇指予以赞扬，我顿时有些飘飘然，认为自己还不错。

继续往上走，才发现真正的困难在这里。一条几乎成 90 度，也只能容一人攀登的台阶路悬挂在岩壁上，虽然有铁链助力和保护，但在这空旷的悬崖峭壁上显得是那么的无力和渺小。我看都不敢看，只要瞄一眼，身上的肾上腺素立即大量分泌，心脏便十分难受。刚才的飘飘然已经飘到九霄云外去了，吓得我不敢继续往上爬，打算就此打住下山。这是我第一次打退堂鼓。3 位鼓励我，要我不要看周围，只看脚下。

悬崖上的山路

旁边的游客也鼓励我说，不要怕，我们会保护您的。在大家的鼓励下，我也想到如果就此下山，不就失约了吗，10年的期盼也落空了。有了前面攀登的经历壮胆，于是，我鼓起劲儿，跟着大家往上爬。

说是只看脚下不看周围，实际做不到。旁边就是悬崖，整个身体近乎飘浮在空中，眼前是深不见底的峡谷。身上的肾上腺素大量分泌，心脏十分难受，腿也不由自主地颤抖起来。我感到自己实在无法再往上爬，便靠在岩壁上，意欲让后面的人过去。这是我第二次打退堂鼓。这么窄的台阶，后面的人根本无法越过我。一些人又鼓励我，而一些处在更下面的人不知道原因，见队伍停止不动了，有的发出催促声，有的则说些很难听的话。已经没有退路了，我只好闭上眼睛，战栗中摸索着往上爬，虽然行动缓慢了些，但队伍在动，谩骂声也就停止了。

好不容易爬过这段路后，我找了一处稍微宽敞的地方坐

红云金顶

下，平复刚才难受的心脏和颤抖的双腿。我知道，已经没有选择的余地了，休息了一会儿后咬咬牙捂着胸，拖着颤颤巍巍的双腿硬着头皮继续往上爬。

到了金顶，眼见凌空一座石桥连接起来的两座山峰在众山的簇拥下，突兀地矗立在连绵的山峦之中，周围云雾缭绕。更为神奇的是，两座巴掌大的峰顶上居然还有两座庙宇，一座庙宇内供奉的是释迦牟尼佛，一座庙宇内供奉的是弥勒佛。庙宇内灵光高照，佛烛飘香，漫步在这云中佛地，踏着朵朵云团，不是仙境胜似仙境，顿时，前面遭遇的辛苦和惊恐一下全忘了。

金顶面积很小，在两座庙宇之间来回走了几遍，在充分感受了高高在上的心旷神怡后，准备下山了。此时，想起上山的艰辛，想到人们常说的上山容易下山难，心里不禁咯噔一下，两腿又不寒而栗。

新金顶的路采用单循环，上山下山不同路。下山的路不像上山的路那样，而是架了许多悬空桥，很多台步之间还是镂空的，下面就是万丈深渊。老伴扶着我，一步一步往下移。此时的我不仅不能闭眼，而且还得把眼睛睁得大大的，因为一步踩虚，后果将不堪设想。我的心跳完全没有了规律，身体也把握不住平衡，加上前后上下不断传来的哭声和尖叫声，我的恐高症被推到了顶点。在一个拐角处，我蹲了下来，不想再走了。这是我第三次打退堂鼓。稍微平静了一会儿，老伴扶着我，一边往下移，一边说，不走不行啊！这里连抬滑竿的都不敢走，你还有谁可依靠，只能靠自己！是啊，已到过很多景区了，常看到人力滑竿帮助年老体弱者，而这里不仅上山时没有，下山也没有，因为山路太崎岖，滑竿根本走不了。

我只好再次咬紧牙关坚持，在一阵阵心动过速中，终于走到普渡广场。

这次梵净山的惊险之旅，是我旅游生涯中最大的一次挑战，既挑战了身体，又挑战了心理，尽管 3 次打退堂鼓，但

悬在空中的下山路

最终还是坚持过来了。这样的经历一生难得，所获得的将让我受用一辈子。

2018 年 5 月 19 日于贵州省铜仁市

他说，他们说——记襄阳、南阳的诸葛孔明情

刘备三顾茅庐的地方究竟是湖北的襄阳，还是河南的南阳？诸葛孔明的躬耕地究竟在哪？一千多年来，两地的人们乃至学者文豪们争论不休，至今仍不见分晓。

两地都说自己是诸葛亮的躬耕地，刘备“三顾茅庐”处，“三分天下”的策源地。

襄阳人拿出证据：晋永兴年间公元 304—306 年，镇南将军刘弘到襄阳隆中凭吊诸葛故宅，并命参军李兴作《诸葛亮故宅铭》，这是离三国时期最近的一个举动，证明诸葛亮的躬耕地就是襄阳。

襄阳隆中的实景表演

南阳人也拿出证据：魏晋时，投降魏国的蜀国故将黄权及其族人就在南阳建庵祭祀诸葛亮。故将及族人都是与诸葛亮同时代的人，其行为还有假吗？

襄阳人又说：北宋著名文学家、政治家苏轼在 1060 年就曾写下著名诗篇《隆中》，“诸葛来西国，千年爱未衰。今朝游故里，蜀客不胜悲。谁言襄阳野，生此万乘师。”大文豪都说了，诸葛亮出自襄阳。

郭沫若在襄阳古隆中的题字

南阳人又说：唐朝文学家、哲学家刘禹锡就有《陋室铭》，“南阳诸葛庐，西蜀子云亭。”刘禹锡的声望可不比苏轼低啊！

襄阳人再说：明正德二年（1507年），明武宗朱厚照批准在襄阳建庙，并御赐庙额“忠武”。皇帝下旨，岂有造次。

南阳人再说：南宋名将岳飞抄写的出师表中，诸葛亮自己都说“臣本布衣，躬耕于南阳”，这还不清楚吗？

为了证明诸葛亮是自己的乡亲，两地穷尽了所有能证明的历史人物、历史事件、历史时间、历史证据……

应该说，两地拿出的这些证明都不是假的，都有充分的根据。但为什么总是说服不了对方，说服不了学者文豪们呢？

其实，看远点，历史就是这样，过去的已经过去，想要明辨原始真伪，但答案总是给人以云遮雾障的感觉，就像“桃花源”究竟是在重庆的酉阳还是在湖南的常德一样。

诸葛亮以其杰出的政治家、军事家、外交家、文学家、书法家和发明家的光辉形象闪耀于历史的长河之中，希望有这样的人物作为乡亲，不啻是该地方人们的荣耀，其心情是非常容易理解的。

今天，因为驾车游，有机会同时游览襄阳的古隆中和南阳的卧龙岗，看到两地在纪念诸葛亮这位伟人上是下了大功夫的。所有历史遗迹得到妥善保护，并新建了不少设施进一

南阳人在卧龙岗竖的碑

步完善和复原了当时的情景，对重要的历史场合、历史时间、历史人物还附上文字说明和列表。两地的精心维护，才使得现在的我们有机会目睹诸葛亮当时的躬耕生活，了解到诸葛亮身在茅庐，洞察天下，心系乾坤，志在千里的博大胸襟，真实地看到“三顾茅庐”这一历史事件所创造出的一段新的历史——三足鼎立。对于两地所做的工作，诸葛亮要感谢两地的人们，历史上的文人墨客要感谢两地的人们，今天的我们也要感谢两地的人们。

从某种意义上说，这也是争论带来的结果。因为有争论，人们才有动力去挖掘、收集、整理有关的资料；因为有争论，人们才有积极性去维护遗迹，建设新的设施。一千多年来的争论，成就了一个完整的诸葛亮，一个真实的诸葛亮，一个让人们永远敬仰的诸葛亮。

带着两地的争论，我好奇地查看两个景区的细枝末节，力图找到解决的钥匙。在南阳的卧龙岗看到一副对联，上联是：“心在朝廷原无论先主后主”，下联是“名高天下何必辩襄阳南阳”，横批是“隐居求志”。这副对联给了我很大的启示，钥匙找到了：先贤名贯天下，已经不是某个具体的人了，而是神人；已经不属于某个地方的人了，而是天下人。人们没有必要再煞费苦心去争论孰是孰非。

2018 年 6 月 14 日于河南省南阳市

*

冬

才见岭头云似盖，已惊岩下雪如尘。

千峰笋石千株玉，万树松萝万朵银。

［唐］元稹《使东川·南秦雪》

飘飘洒洒的雪如约而至，把大地重新装扮了一番，银装素裹，天地间顿时洁白无瑕。

一阵凉风吹过，枝头挂满冰晶，远远望去，雾凇就像蜘蛛网布满天地，世界变得婀娜多姿。

昨天还奔腾咆哮的江河安静了、歇息了。

迎着凛冽寒风开放的蜡梅，阵阵花香随风四溢，沁人肺腑。

冬，又来了。

冬，让孩子们欢乐：

做冰雕，堆雪人，滑雪，溜冰，冰上垂钓，贴窗花，放鞭炮……

冬，让大人们忙开了：

送走了“十一”又迎来“元旦”，“元旦”的喜庆还捧在手心，“春节”又至，还有腊八节、元宵节……杀年猪、灌香肠、熏腊肉，年货年年办，欢乐年年随。

冬，让旅游者犯愁：

走进了北国的冰雕就顾不上南国的灯展；逛了北京的庙会就赶不了新疆的巴扎；品了鱼家人的海鲜就喝不了藏家人的酥油茶……

冬，属于孩子们，属于懂得生活、热爱生活和享受生活的人们。

再谒白马寺

我不是一个佛教徒，但却十分喜欢去了解佛教文化。44年前，趁到洛阳拖拉机制造厂实习的机会抽了个周末乘公交车拜谒了白马寺。那时映入眼帘的是一幅破败萧条的景象。寺内既没有文字说明，也没有讲解员导引，随兴地瞎逛了一圈，没有留下多少印象，只是从一个僧人那里得知，白马寺在中国的佛教史上地位特殊，仅此而已。

44 年后重游白马寺，所得颇丰。

一、知道了白马寺是佛教传入中国后第一个官办寺庙。我国东汉时期，汉明帝刘庄信奉佛教，敕令在距洛阳老城以东 12 千米处修建寺院。

白马寺大门

公元 68 年寺院建成，刘庄将来华的两位印度高僧摄摩腾、竺法兰请进寺中，两位高僧在寺中联手合作，共同译出中国第一部汉文佛经《佛说四十二章经》。两位高僧来华，是由白马驮载着佛经佛像来的，因此，为了纪念这匹白马为中国佛教所作的贡献，寺院便取名为白马寺。因为这一取名，“寺”便成为中国佛教伽蓝的泛称。在摄摩腾、竺法兰之后，还有多位印度高僧在白马寺译经。公元 250 年，印度高僧昙柯迦罗来到白马寺，译出第一部汉文戒律《僧祇戒心》。同期，安息国僧人昙谛也在白马寺译出规范僧团组织生活的《昙无德羯摩》。在公元 68 年后的 150 多年的时间里，共有 192 部，合计 395 卷佛经在这里译出。由此，佛教在中国弘传流布并日益兴盛，白马寺因此被称为中国佛教的“祖庭”和“释源”。算算时间，从建成到现在已经整整 1950 年了。

中国第一古刹——白马寺

二、知道了白马寺对世界佛教的影响。佛教起源于印度，发展在中国。佛教传入中国后，得到了从皇帝到黎民百姓的广泛认同，因此，发展十分迅速。公元 2 世纪，中国佛教传入越南；4 世纪后期传入朝鲜；6 世纪前期传入日本。19 世纪后期，随着一些华人和日本人进入欧美，中国佛教开始在欧美流传。时至 21 世纪，中国佛教在全世界的影响越来越大，由此，白马寺不但是中国佛教的“祖庭”“释源”，而且堪称世界佛教史上仅次于释迦牟尼诞生地、成道处、初转法论处及涅槃处的第五大“圣迹”。

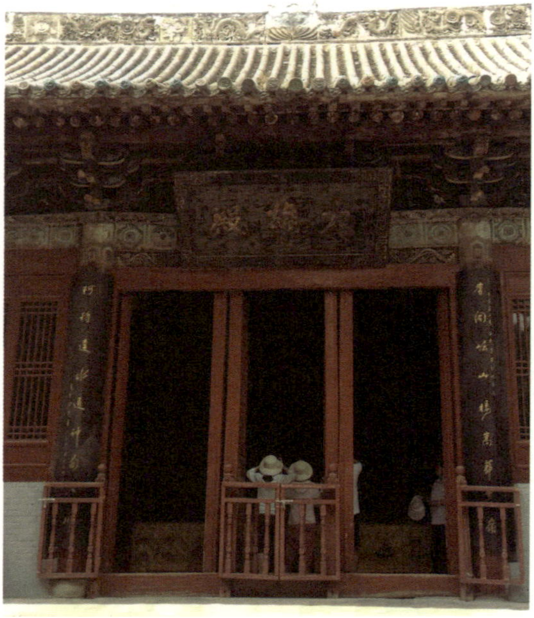

白马寺大雄殿

三、知道了白马寺中的文物的价值。白马寺整个寺院坐北朝南，虽不是创建时的“悉依天竺旧式”，但寺址从未迁动过，因而东汉时期的台、井仍有保留。寺大门外的两匹白马，与真马的尺寸和比例相当，形象逼真，是宋代的石刻。白马寺山门门楣上镶嵌的“白马寺”题刻，也是东汉遗物。寺内的天王殿、大佛殿、大雄殿、接引殿和毗卢殿内的造像多为元、明、清时期的作品。寺内还保留有大量元代夹纻干漆造像，十分珍贵。另外，还有宋太宗赵广义下令重修白马寺，由苏易简撰写的“断文碑”《重修西京白马寺记》的石碑；元太祖忽必烈两次下诏修建白马寺的《洛京白马寺祖庭记》石碑。

四、知道了在白马寺还有众多异域寺院。在白马寺，还有印度佛殿、泰国佛殿、缅甸佛殿。这些佛殿是原汁原味的他国佛教风格，不光内容，就连建筑风格也都是他国格调。我们足不出国就可以真真切切地领略异国佛教精髓。

1950年前，一匹白马驮载着佛经佛像从西方千里迢迢来到洛阳，由此诞生了白马寺。1950年来，由白马寺而形成的中国佛教不仅落地生根，而且经久不衰并远播四海。佛教自东汉传入我国以来，对中华民族的哲学思想、道德伦理、文学创作、民族风俗、日常用语、古代建筑等方面都产生了深刻的影响，留下了灿烂的文化遗产。佛教文化已成为华夏文化不可分割的组成部分。也许很多人并不知道白马寺，但由他所形成的中国佛教精神和佛教文化却早已经存在于每一个中国人的一言一行中，哪怕你不信佛。

2018年6月15日于河南省洛阳市

遗 憾

年少时学习毛主席著作“老三篇”，其中一篇是《愚公移山》，说的是一个叫愚公的老人，为了搬走挡在他家门前的两座大山——太行山和王屋山，率领他的儿子们用锄头每天挖山不止，决心挖去这两座大山。他们的行动感动了上帝，于是派了两个神仙下凡，将两座山背走了。毛主席在这里引用“愚公移山”的寓言，旨在告诉人们，中国人民头上也有两座大山——帝国主义和封建主义，中国共产党人也下了决心，要挖掉这两座大山。中国共产党人的行动也会感动上帝——全中国的人民大众。全国人民大众和中国共产党人一道，一定能挖去这两座大山的。这是 1945 年 6 月 11 日，毛主席在中国共产党第七次全国代表大会上的讲话，包括这个讲话以及《纪念白求恩》和《为人民服务》两篇文章，我至今几乎都能背出来。从此，王屋山的名字便牢记心中。

从南阳到洛阳，一路上不断有“王屋山”的指示映入眼帘，联想到 40 多年前学习的《愚公移山》，从“百度”上比对，确认此王屋山就是彼王屋山，而且就在离洛阳不远的济源县境内。于是，临时增加行程，参拜王屋山。

王屋山是国家级风景名胜区，世界地质公园。主峰天台山海拔 1715 米，是中华民族祖先轩辕黄帝设坛祭天之所；是道教十大洞天之首，为“天下第一洞天”;《列子》载《愚公移山》寓言就发生在这里。

王屋山景区是新近打造的，规模很大。从景区大门进入，一个偌大的广场展现在眼前。广场四角是青龙、白虎、朱雀、

天下第一洞天牌坊

中华愚公村

类似北京天坛的祭祀台

玄武四个巨大的雕塑，活灵活现。中央是一个类似北京天坛的祭祀台。穿过广场，便是由台阶组成的长坡路。虽然坡道很长，但步行并不太累，每登十来级台阶便有一段平坦路。坡路中间是道教的传说故事浮雕，一边爬坡，一边欣赏，不知不觉中已来到半山腰。

在半山腰，一个巨大的愚公移山群雕广场、毛主席的手书“愚公移山，改造中国”以及毛主席在党的第七次全国代表大会上的讲话和《愚公移山》寓言展现在我们的眼前。这里以前叫愚公村，愚公移山故事就出自这里。我们激动地围着广场瞻仰群雕，诵读熟悉的《愚公移山》讲话和《列子》载《愚公移山》篇，大家情不自禁地唱起“语录歌”，跳起“忠”字舞，对于成长在特殊年代的我们这一代人，相信我们的孩子包括以后的人们是无法理解的。

来到愚公故里，目睹“愚公移山”，我们的心情不啻有多高兴，找到景区游客中心，希望能在我们的旅游纪念本上盖个纪念章，让这份激动心情永远定格在纸面上。但景区工作人员说没有这方面的准备，虽然很失望，但想到王屋山镇

愚公移山广场

上的邮局肯定能盖上邮戳，只要邮戳上有“王屋山” 3 个字，多少也可以弥补景区留下的遗憾。看看时间已接近下午 4 时，由于我们的小车放在景区大门外停车场内，要回到景区大门至少要半个小时，如果走回景区大门再开车到王屋山镇，怕晚了邮局关门。老伴看见路边有一辆摩托车，便请摩托车司机搭乘自己到镇上。这里还没有“摩的”行业，摩托车司机不愿意，老伴拿出 20 元钱，三四里地的路程让司机动心了。摩托车载着老伴兴致勃勃地赶到邮局，可邮局办邮政的座位上是空的，询问旁边邮政银行的工作人员，一问三不知，等了很久，仍不见人影。银行工作人员开始收拾东西准备下班，催促老伴离开，盖邮戳的希望也破灭了。当老伴一脸沮丧地找到我们时，我们便知道邮戳也没有盖上。

乘兴而来，高兴其中，却败兴于我们驾车游的一大乐趣处（我们每到一个地方把盖纪念章和邮戳当成一大乐趣），令我们感到万分的遗憾，以后的景点也索然无味了。

2018 年 6 月 16 日于河南省济源县

好奇爬满眼睛——与神垕古镇的邂逅

驾车向许昌进发，沿途见指示牌上不断出现“神垕古镇”的指引，因为“垕”字是生僻字，不认识，好奇心驱使便在网上查找，查找的结果不但认识了“垕”（hòu）字，而且立刻改变行程，方向直指神垕古镇。

神垕古镇是河南省禹州市下属的一个镇，经“百度”导航，走了一段高速后改走省道，一路畅通无阻。

神垕古镇是钧瓷的发祥地。钧瓷是我国宋代的 5 大名窑（钧窑、汝窑、官窑、定窑、哥窑）——钧窑出产的瓷器。钧瓷以其独特的自然窑变艺术有别于其他瓷种，“入窑一色，出窑万彩”的窑变现象构成钧瓷的特殊美感和艺术效果。它不同于人工的绘画雕刻艺术，具有特殊的古典美，使人感到瑰丽、丰富、神奇，给人以诗一般的陶醉和醇美的艺术享受。它一问世，就受到人们的珍视，至今，仍是国内外瓷器爱好者最青睐的瓷器之一，素有“黄金有价钧无价”“家有万贯，不如钧瓷一件”的美誉。因此，人们称神垕为“钧都”“唐钧”。到神垕古镇之前，我对钧瓷略知一二，因此，知道神垕后，顿时兴趣大增。

来到古镇，只见古镇建在一面坡上，从坡上一条公路下到坡底，小车必须踩着刹车一路慢慢下滑。坡的两边便是古

选购的 2 件属相钧瓷

镇的房屋。坡的中央横着一条公路，公路上车水马龙，熙熙攘攘，十分热闹，特别是钧瓷产品摆满街道两边的商店里。这些商店大多是瓷窑的直销店，各式各样的钧瓷琳琅满目，流光溢彩，让人目不暇接。因为儿子属马，孙女属狗，所以我们便从众多的精品中挑选了 2 件属相钧瓷，心里乐滋滋的。

下到坡底，来到神垕古街。古街俗称“七里长街”，是由肖河两岸的五个古村落在历史的长河中逐渐连接而成的，全长 3.5 千米。这里才是真正的神垕古镇。古街是随着神垕瓷业的发展而形成的，一条青石板路的两边商铺林立，什么“大宋官窑”，什么“德慎同”……这些商铺很多都是前店后窑，进入店门就如同穿越时空，回到明清时期，周围的一切都是那个时代的真实写照。古民居依地势而建，鳞次栉比。很多古屋显示出当时的神垕是多么的富有，占

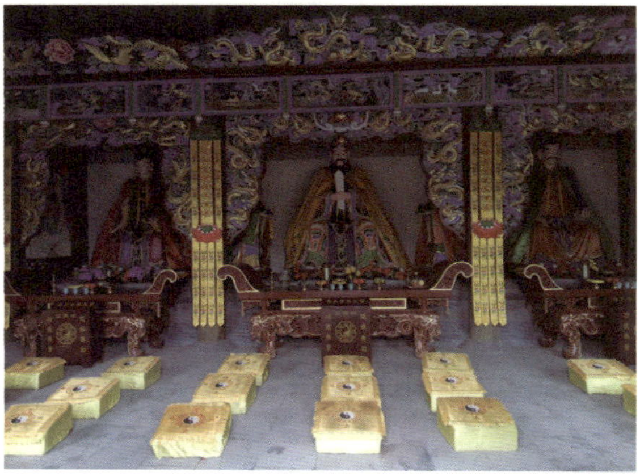

供奉在大庙里的 3 尊窑神

神垕古街

地宽阔，用材讲究，建筑气派是这些古屋的共同特征。在古街上有一座庙宇特别与众不同，令人着迷。古庙名“伯灵翁庙”，当地人称为“大庙”，庙内供奉着三尊神像，一为“土山大王”舜帝，为制陶业祖师；二为战国时期的军事家孙膑，为烧炭业祖师；三为火神“金火圣母”。三人均被尊为窑神。我百思不得其解，三皇五帝之一的舜帝和制陶有什么联系？大军事家孙膑怎么成了烧炭业祖师？

漫步在古街上，到处渗透着丰富的历史文化和神垕经济自古繁荣的遗迹。

古街街口的对面是闻名全国的古玩市场。随着神垕制瓷业的发展，大批外地客商来神垕购瓷。这些客商不仅购现代瓷器，而且对各个时期的古瓷器也感兴趣，由此促发了神垕仿古业的兴起。仿古的内容从最初的瓷器逐渐发展到金器、银器、铜器、玉器、石器、木器、首饰、字画等数十类、上千品种的庞大生产体系。仿古业的迅速兴起又催生出古玩市场，市场面积很大，每周二开市，每次开市都有来自全国各地的几千客商，偌大的市场里场面十分火爆。

一个神垕，将制瓷、仿古、古玩有机地融为一体，不仅招来大量的商贩、玩家，还吸引了大量的游客，让神垕变成一个“活的古镇”。

这就是我们转道神垕的原因。

2018 年 6 月 18 日于河南省禹州市

中国第一个人民公社

本来打算去看 1975 年 8 月发生在河南遂平县的大水灾遗迹，可到遂平后却听宾馆老板说，水灾的遗迹已经没有了，只需到市中心的抗洪纪念广场看看纪念碑就知道当年的水灾情形。同时，他建议我们去看另一个十分有历史意义的事件——中国第一个人民公社的成立及对中国的影响。我们听后顿时兴趣盎然，因为我们都是这段历史的亲历者、见证人，重温这段历史，看看这段历史的来龙去脉，肯定是一次不错的旅行。

我国第一个人民公社就出自遂平县嵖（chá）岈山镇，

嵖岈山卫星人民公社旧址大门

1958年4月20日宣告成立，离遂平县城26千米。

1957年冬和1958年春，地处豫南平原的遂平县和全国各地一样， 掀起农田水利和山区建设的高潮。嵖岈山区的一些高级农业合作社，在水利建设和荒山绿化中出现一些矛盾，为了解决这些矛盾，他们采取“联合” 行动——小社并大社，达到很好的效果。就在这时，中央通过了《关于把小型农业合作社适当合并为大社的意见》，更加坚定了嵖岈山合大社的信心。大社成立之初叫“嵖岈山卫星集体农庄”。这个取名来源于苏联的集体农庄和苏联发射的第一颗人造地球卫星。当遂平县委领导向时任国务院副总理谭震林汇报建大社的经过时，谭震林表示：“你们成立八个部是政社合一呀！ 巴黎公社也是政社合一，你们和巴黎公社差不多呀！”在谭震林等领导的指点下，最终将“嵖岈山卫星集体农庄”改名为“嵖岈山卫星人民公社”。嵖岈山卫星人民公社成立后，受到毛泽东主席的高度重视，在接见遂平县和嵖岈山卫星人民公社的主要负责人时肯定了公社的做法，于是公社的简章和做法迅速转发全国，各大新闻媒体争相报道公社的经验，全国各地派出代表来公社参观学习。很快，人民公社化运动便在全国铺开。

嵖岈山卫星人民公社实行“一大二公”“政社合一”的体制，按照“生活集体化，组织军事化，行动战斗化”的要求，把公社男女社员编为团、营、连、排，实行统一的军事化指挥，在生产上开展大兵团作战。这些经验作为样板在全

周恩来总理颁发给嵖岈山卫星人民公社的奖状

国推广。

在建设社会主义初期急于求成思想的支配下，各地在嵖岈山卫星人民公社经验的基础上又提出“一天等于二十年”“跑步进入共产主义”等“左”的口号，“亩产过万斤”等浮夸风开始盛行，全国大办钢铁厂，高炉林立，“铁水”奔流，集体大食堂从“敞开肚皮吃饭”到全民饿肚子，“浮肿病”在

当年的口号

全国流行了 3 年。

尽管毛泽东和党中央做过不少努力，纠正公社化运动中出现的问题，有的确已见到成效，但这种违背生产关系与生

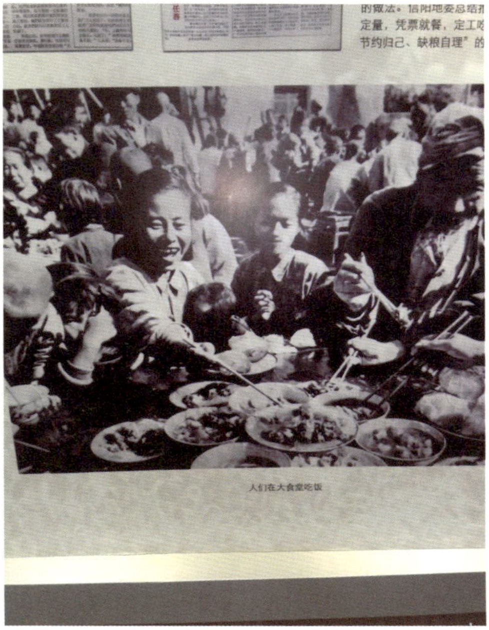

当年热气腾腾的“大锅饭”

产力相适应的做法没有得到根本纠正，致使这种违背经济规律的做法一直延续到 1982 年。这期间粮食产量及各种副食品生产量一直很低，全国人民生活十分困难，口粮定量供应和各种副食品凭票证购买成了我们这代人最深刻的记忆。

1978 年召开的党的十一届三中全会，彻底否定了以前“左”的思想。

1979 年，农村改革在全国广大农村迅速铺开，联产承包责任制越来越显示出其优越性，人民公社“政社合一”的体制弊端愈加暴露。1982 年，全国五届人大第二次会议修改宪法时，终于做出了改变农村人民公社“政社合一”体制，重新设立乡政权的决定。这样，作为一段历史时期存在的“人民公社”在中国大地上走向结束，嵖岈山卫星人民公社也随之成为历史。

现在，公社旧址开辟成为博物馆，展览完全是实景：办公楼、大食堂、宣传口号、毛主席语录……保留着 50 年前的模样；资料、文物、照片、图表依然是黑白二色，准确再现了当年的情形；灌溉水渠、炼钢炉、拖拉机、辘轱、水车、织布机、犁等仍然带着当年的印迹。总之，一切都是历史的、真实的。

2018 年 6 月 19 日于河南省遂平县

当代愚公造就人间奇迹

一个村几十户人家，凭着一股战天斗地的大无畏精神，在村支书申明信的带领下，使用最原始的工具——铁锤、钢钎，用 5 年的时间，一锤一锤地凿去 2.6 万立方米石方，打秃钢钎 12 吨，打烂 8 磅重的铁锤 4000 个，老人、孩子轮流上阵，大石块用手搬，小石块用筐抬、用篮子挎，人人肩头成茧，十指流血，在太行山深处的悬崖峭壁上硬生生地凿出一条长 1250 米、宽 6 米、高 4 米的绝壁通途。这就是河南省辉县的郭亮洞，人称挂壁公路。从此，小山村与外面相通，几十户人家的生活发生了翻天覆地的变化，从来没有走出大山的人们见到了多彩的世界。

挂壁公路——郭亮洞

林县因为缺水，常年干旱，农作物收成低甚至常常绝收，人民生活十分困难。据史料记载，从明朝正统元年（1436 年）到新中国成立，林县发生自然灾害 100 多次，其中大旱绝收 30 多次，干旱严重到“人相食”的地步，“人相食”5 次。面对这样恶劣的自然环境，林县县委县政府作出决定，要依靠自己的力量，将远在山西省平顺县石城镇 70 多千米外的浊漳河水引进来，解决千百年来人们一直渴望解决的问题。作决定容易，但实际干起来却比登天还难。引浊漳河水得在太行山中翻山越岭，工程难度大，投资大，对于当时全县只有 300 万元储备金、28 名水利技术人员，没有任何现代化施工设备的穷县来说，无疑是蜉蝣撼大树。但困难没有吓倒林县人，在县委县政府的领导下，一场“重新安排林县河山”的水利工程开工了。没有资金，林县人便自带干粮上山；没有现代化的施工设备，林县人就抡起铁锤、操起钢钎干；没有测绘设备，林县人就土法上马，自制测绘工具。林县人的勇气和智慧在这项举世无双的壮举里表现得淋漓尽致。而且，工程开工时的 1960 年，正是中国最困难的 3 年，全国缺粮，林县也不例外。没有粮食吃，工程技术人员只得上山挖野菜填肚子，野菜挖完了，就到水里捞水草充饥，人人浮肿，没有了力气，但林县人还是咬紧牙关坚持了下来。这一坚持就是 10 年。10 年间，他们用去了 6705 吨水泥，2740 吨炸药。到 1969 年，历经 10 年的艰苦奋斗，一条干渠长达 70.6 千米、渠底宽 8 米、渠墙高 4.3 米、总长达 1500 千米的干渠、支渠分布全县乡镇，灌溉面积达 54 万亩的红旗渠全面竣工。

红旗渠修建的 10 年中，先后有 81 位干部和群众倒在渠上，其中年龄最大的 63 岁，最小的只有 17 岁。

壮观的红旗渠

整个工程共削平 1250 座山头，架设 151 座渡槽，开凿 211 个隧洞，修建各种建筑物 12408 座，挖砌土石达 2225 万立方米。据说如果把这些土石垒筑成高 2 米、宽 3 米的墙，可以纵贯祖国南北，绕行北京，把广州与哈尔滨连接起来。

红旗渠的建成，彻底改善了林县人民靠天等雨的恶劣生存条件，解决了 56.7 万人和 37 万头家畜吃水问题，54 万亩耕地得到灌溉，粮食亩产量由红旗渠建前的 100 千克增加到 1991 年的 476.3 千克。因此，红旗渠被林县人民称为“生命渠”“幸福渠”“人工天河”。全长 1500 千米的红旗渠，结束了林县十年九旱、水贵如油的苦难历史。

土法上马的测绘工具

郭亮村人为支援他们的人民教师立的碑

郭亮村村民的现代愚公精神感动了“上帝”——辉县的250名教师，他们自带干粮，打着铺盖卷来到工地，加入到这一感天动地的行动之中。

林县领导的行动也感动了“上帝”——林县的人民群众。人们自发地组织起来充当后备军、后勤队，从机关干部到家庭妇女，从老人到小学生，每天各行各业的人们来到工作点送饭送水、送医送药，形成前方拼命干，后方全力保的生动场面。

走在高挂在悬崖峭壁上的郭亮村挂壁公路上，目睹镶嵌在太行山腰那浩大宏伟的红旗渠，我深深为这些当代愚公感动，他们以自己的血肉之躯和绵薄之力描绘了一幅灿烂的画卷。这幅画卷为大地增添了色彩，为人类留下了一曲响彻云霄的颂歌。

2018年6月25日于河南省林州市

在字里行走——致殷墟博物馆和中国文字博物馆

在安阳，有两个景点十分值得一看——殷墟博物馆和中国文字博物馆。

3000 多年前，盘庚十四年，商朝第二十位君主盘庚迁都于安阳，并将安阳原来的名称“北蒙”改为“殷”。自盘庚迁殷后，商朝在此历经 8 代 12 位国王 273 年的统治，是商朝后期的政治、经济、文化、军事中心。

1928 年，人们在安阳西郊小屯村考古发掘，出土了大量都城建筑遗址和以甲骨文、青铜器为代表的丰富的

殷墟博物馆

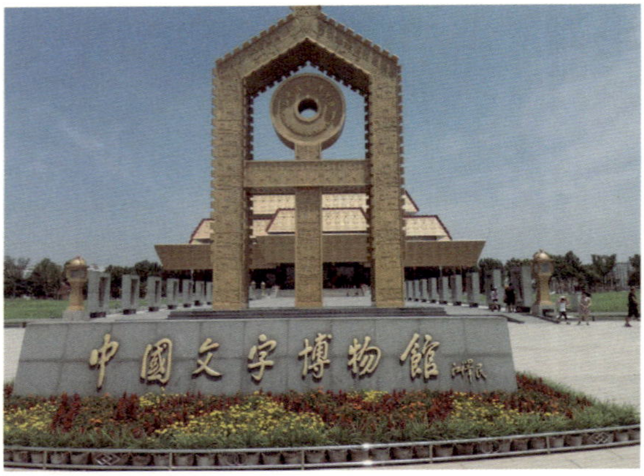

中国文字博物馆

文化遗存。这些文化遗存系统地展现了中国商代晚期辉煌灿烂的青铜文明，确立了殷商社会作为信史的科学地位，从此，殷墟扬名天下。殷墟也是中国至今第一个有文献可考，并为考古学和甲骨文所证实了的都城。

3000 多年前，我们的先人因对自然现象、地理环境和人自身不了解，为了趋利避害，便求助于占卜，占卜的工具是甲骨和兽骨。在甲骨和兽骨上刻画的各种不同的符号代表着不同的意义，先人们根据这些意义进行生产和生活以及相互间的交流。由此，文字——甲骨文便产生了。

在殷墟，人们先后发掘出约 15 万片刻有文字的甲骨、兽骨，从这些甲骨、兽骨上发现了 5000 余个单字、10 余万条卜辞，内容涉及政治、经济、文化、天象等方方面面。甲骨文的发现，表明我国至少在距今 3200 年前就已经有完备的文字体系。

在殷墟甲骨文长廊，甲骨文和现代文字的比较图示十分引人入胜。在注意观看一些图示后，我立即总结出甲骨文字形的一些规律。比如，反映与女人有关的字时，一定有一个跪地的抽象女子形象参与其中，如图 1—图 3 所示；

反映动物的字，一定与这个动物的形体有关系，如图 4—图 6 所示。

通过这些文字，可以看出先人们当时的创意是多么的惟妙惟肖。在中国文字博物馆，我看到了中国文字的演变：从甲骨文到大篆、小篆、隶书、草书、楷书。介质从甲骨、兽骨到简牍、锦帛、纸。

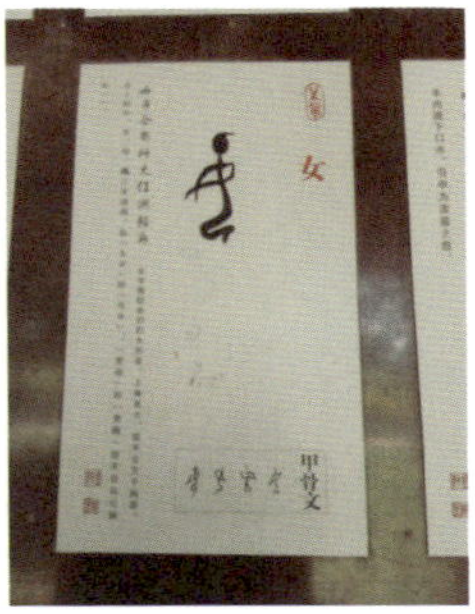

图1 女

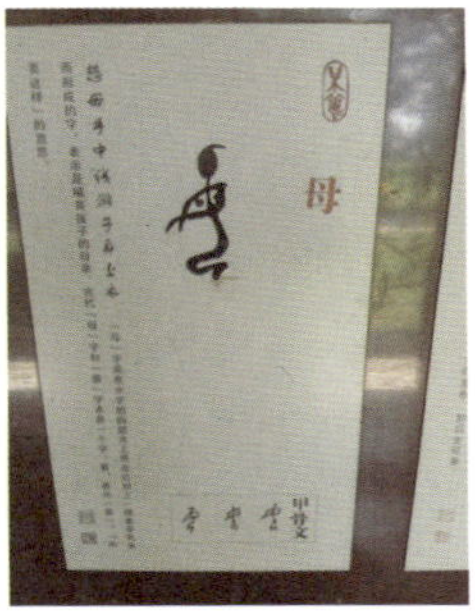

图2 母

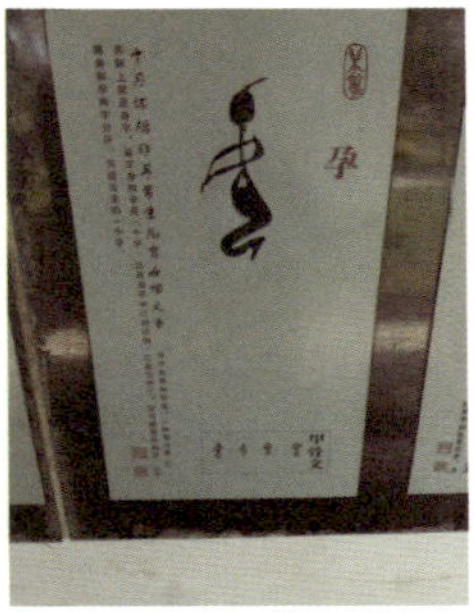

图3 孕

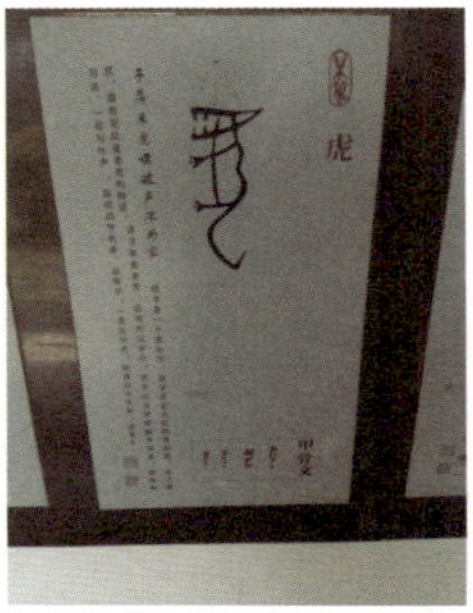

图4 虎

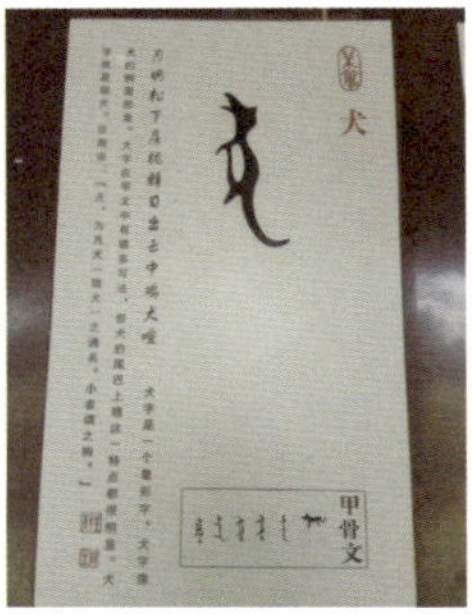

图5 犬

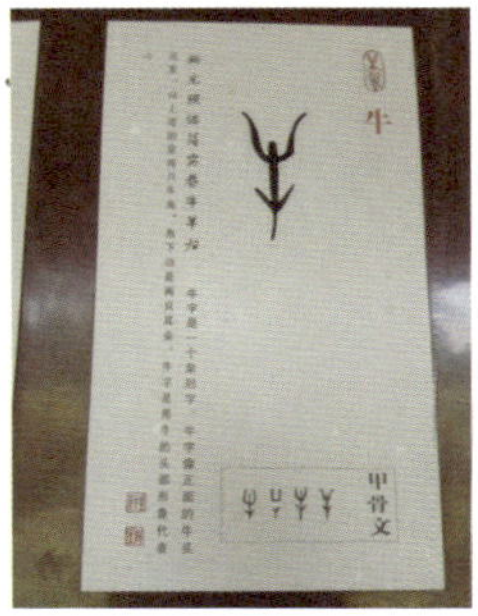

图6 牛

考古发现，世界上有四大古文字，即两河流域的楔形文字、古埃及的象形文字、古印度的哈拉帕文字以及中国的甲骨文。前三种文字都因种种原因被历史湮灭，早已不再使用，只有甲骨文穿越历史，不断演变、完善，沿用至今。

甲骨文随着时代的变迁，不断地发展成为当今的汉字，是世界上最古老且最有生命力的文字，成为联合国具有同等效力的6种文字之一。

因为有了文字，人类从蒙昧走向文明。无疑，我们的祖先的伟大创造让中华文明走在了世界文明的前列。

两个博物馆的内容环环相扣，从文字解说到实物一一呈现在我的眼前，在文波字浪中深深为我们的祖先的聪明才智折服，为自己是他们的后代由衷地感到骄傲。虽然从重庆横跨几千千米的车马劳顿，但获得这么多的知识，很值。

2018年6月24日于河南省安阳市

万年冰洞，是谁的家园

谁能想象得到在山西省宁武县这么个许多人连名字都不知道的地方还有300万年前的遗迹存在。

的确，很难想象。

但它确实存在，而且是那么璀璨夺目。它就是近些年才发现的奇观——万年冰洞。

万年冰洞在山西省宁武县西的春景洼乡境内。

经中科院地质研究所洞穴专家现场考察认定：此洞形成于新生代第四纪冰川期，距今约300万年。

冰梯入洞

在冰洞未被发现之前，当地千百年来一直流传着一个传说：在一座深山中，有一个挂满冰锥的冰洞。毕业后来到宁武县旅游局工作的闫鹏偶然听到这个传说后，从小就喜欢探险的他，决定利用业余时间去寻找这个神奇的洞穴。日复一日，闫鹏爬遍了附近的所有山头，依然一无所获。正当他心灰意冷准备放弃的时候，一个意外出现了。一天，他和同伴无意间来到离县城很远的管涔山游玩，当他们爬上一座山头时惊奇地发现，在山的阴面有一个不大的洞口挂满冰花，此情此景立即唤醒了他的探究欲，一年多的探寻让闫鹏忘记了恐惧和危险。他们冒险进入洞里，眼前的景象把他们惊呆了，四处都是冰的世界：冰柱、冰瀑、冰锥、冰花……难道这就是传说中的冰洞吗？闫鹏和同伴们兴奋极了。一年多的执着探寻，闫鹏为我们解开了一个千年之谜。

冰洞的神奇之处是洞内的冰一年四季不化，越往深处走，冰层越厚。特别是夏季，洞外赤日炎炎，人们挥汗如雨，而洞内却是寒气逼人，冰笋玉立。洞内洞外高差不过百米，却是冰火两重天。而到了冬季，外面已是零下 30 多摄氏度，洞里却仍保持在零度左右。结冰期主要在夏季，冬季则是消融期。

现在，经过景区的建设，钻冰洞、设冰梯、架冰栈，开发出近 100 米、分上下多层供人们参观游览的旅游胜地。

穿行在冰层里，我完全置身于冰的世界，上下左右全是冰：冰柱、冰瀑、冰锥、冰花、冰笋、冰葡萄、冰帘、冰兽、冰人……这些自然形态栩栩如生，美轮美奂。

五彩的冰世界

五彩的冰世界

尤其令人叫绝的是，人们在这地下冰的世界里设置了不同色彩的灯光。随着灯光色彩的变化，或明或暗，或闪或烁，整个冰洞五彩斑斓，如梦如幻，精妙绝伦，活脱脱一个美妙的童话世界。

我已见过很多溶洞，如重庆丰都的雪玉洞、湖北利川的腾龙洞、贵州织金的织金洞等，洞内奇形怪状的钟乳石令人眼花缭乱。万年冰洞与所见过的溶洞有着共同之处，就是洞内的冰千姿百态，同样令人头晕目眩，而与其他溶洞相比，它还有它的不同点，即千姿百态处是晶莹剔透的。

万年冰洞还有很多不解之谜：冰洞既不处于异常寒冷的南北极，又不处于终年积雪的雪山，宁武县四季分明，300 万年前的冰如何延续下来且亘古不化？洞内的冰因何制冷？冰洞到底有多深？这些都有待人们继续探索。

万年冰洞的神奇令人向往，梦幻般的万年冰洞让人震撼。

2018 年 6 月 26 日于山西省宁武县

乔家大院的“省分篋”

由著名导演张艺谋导演的《大红灯笼高高挂》把一个“养在深闺人未识”的乔家大院活脱脱地展现在了人们的眼前。一时间，乔家大院成了追逐的目标，人们蜂拥而至。我也是那时随着人流看到了电影中的真面目，但由于看“稀奇”的人太多，在大院里几乎是前胸贴后背，簇拥着转了一圈，没有机会仔细看，最后只得出一个结论：庭院幽深，富丽堂皇。

乔家大院一角

今天，再次走进大院，参观的人已经明显少多了，让我有了慢慢看的条件。

乔家大院位于山西省祁县乔家堡村，始建于1756年，整个大院呈双喜字形，分为6个大院，内套20个小院，313间房屋，建筑面积4175平方米，四周是高达10多米的全封闭青砖墙，是一座具有北方传统民居建筑风格的古宅。

因为可以仔细看，真让我看到了一件宝贝。那就是刊刻在三院门口照壁上的“省分箴”。现摘录如下与大家分享：

夕晦昼明，乾动坤静，

物禀乎性，人赋于命，

贵贱贤愚，寿夭衰盛，

谅夫自然，冥数潜定，

蕙生数寸，松高百尺，

水润火炎，轮曲辕直，

或金或锡，或玉或石，

荼苦荠甘，乌黔鹭白，

性不可易，体不可移，

揠苗则悴，续凫乃悲，

巢者罔穴，泳者宁驰，

竹柏寒茂，桐柳秋衰，

阕里泣麟，傅岩肖象，

冯衍空归，千秋骤相，

健羡勿用，止足可尚，

处顺安时，吉禄长享。

这里的“省”是省悟、清醒的意思，“分”是分寸、本分的意思，“箴”是一种文体，主要意思是告诫规劝。全文通过列举动物、植物、金属等各种物质的自然属性，以及人类社会的发展、盛衰等现象，阐明了世界上所有事物都是出于自然的，进而劝诫人们要清醒地认识自然规律，遵循自然规律，凡事要把握好分寸，要知足，不要贪婪，这样才有好的结局和归属。

有人借此又写了一首小诗贴在墙上，进一步规劝人们善

刊刻在照壁上的“省分箴”

贴在墙上的“省分箴”小诗

事善行：

小亭照壁省分箴，劝君顺其自然行。

事物都有其特性，违背天理事难成。

顺其自然按规律，知足长乐心里平。

人生不能只听命，前途还靠自己奔。

乔家大院内照壁不少，但这面照壁特殊，它道出了乔家大院兴旺发达的秘密。

乔家大院从清乾隆年间买地始建，到“七七”事变爆发时停建，100 多年时间里几代人不断地修建、完善，达到现在这样的规模，以至于民间将其美誉为“皇家看故宫，民宅看乔家”“一座无与伦比的艺术宝库”“北方民居建筑的一颗明珠”，这些赞誉一点不为过，完全名副其实。

从物看事，由事见人，乔家大院的富丽堂皇映射出乔家几代人的事业一定中兴发达。乔家几代人治家不乱靠的是什么？很明显，这个宝贝——“省分箴”肯定是重要的治家方略之一。

由此我想到，无论是治家，还是治国，乔家大院都给了我们一个很好的启示，即“省分箴”还没有过时。

2018 年 6 月 26 日于山西省祁县

逆境中求生的“中国第一家票号”

我国银行的鼻祖是谁，它在哪？

可能很多人会立即联想到上海，因为上海是我国现代经济发展最早的城市，而银行业是因经济的发展而派生出来的。但这种想法却是错误的。我国银行业的鼻祖是山西省平遥县平遥古城内的“日升昌”票号，我国银行的雏形就诞生在这里。

“日升昌”票号大门

“日升昌”票号成立于清道光四年，即1824年。

当我们一行4人来到平遥古城时，城门口有许多三轮车，一个年岁比较大的车夫走上前与我们搭讪（以后我们都叫他老人家），向我们介绍古城的名胜古迹，并希望我们能坐他的车。见他一副友善的面孔且对古城很熟悉，车夫兼导游，两全其美。我们便坐上他的车，同时还叫上一辆。上车后他才告诉我们，这辆车的名义主人是他儿子，他以前是小学教师，退休后没事，便顶替儿子开了这辆车，一是见古城游客多，可以挣点零花钱，二是也是主要目的是想干点事，以免闲出病来。听他这么一讲，我们更是觉得坐对了车。

票号内庭

三轮车在古城转悠，老人家一路滔滔不绝，每到一个景点之前，他总是把景点作详细介绍后再让我们下车去参观，看得出来，老人家确实是个文化人。因为有他事先的介绍，我们的游览也格外地轻松愉快。当来到“日升昌”票号旧址时，老人家一再叮嘱我们：进去好好看，这是中国第一家银行。

进门后，看了里面的介

“汇通天下”匾额

绍，才知道“日升昌”真的不简单。

“日升昌”的老板姓李，叫李大全，最初是做染料生意的，生意做到红红火火之时，便在北京开了一家分店，总店和分店之间用银元流通。随着生意的一步步扩大，大量的银元押送既费时费力又不安全，李老板便琢磨在晋、京之间试行汇兑办法，结果一试效果很好。尝到甜头的李老板不仅自己家正式实行汇兑解决流通问题，而且还开始对外兼营起汇兑业务。道光四年，他干脆放弃染料生意转而专做汇兑，建立“日升昌”，生意比做染料更红火。在人们还没有认识到这一新生事物的时候，李老板先知先觉，捷足先登，获得了极大的商机。于是，他先后又在汉口、天津、济南、西安、开封、南京等国内 30 多个城市和商贾重镇以及欧美、东南亚设立分号，号称“天下第一”和“汇通天下”。在经营的黄金时期，其年汇兑总额高达 3800 万两白银。据说，其业务曾一度操纵了清王朝的经济，清王朝的命脉完全掌控在“日升昌”手中。

“日升昌”的这一业务创举，从此结束了中国镖局押送现银的落后金融局面，极大地加速了商业的运转和货币的流通，大大推进了社会经济的发展，对我国民族工商业的发展作出了巨大的贡献，掀开了中国金融史上光辉的一页。而且，在“日升昌”风风火火之际，正是清王朝外患频频、内乱不止的风雨飘摇之时，能在这样恶劣的外环境下风生水起，靠的是“日升昌”能够顺应经济发展的需要和一套行之有效的管理制度，即“董事局下的经理负责制”。财东李大全毫无保留地授权经理开展业务，经理则全副身心地为票号服务，两者各行其是。这是 100 多年前的中国封建社会，是家族、宗族观念主导的社会，财东李大全能够冲破旧传统的束缚，实行现在看来都不过时的管理办法，“日升昌”不想发展都难。

走出“日升昌”旧址，我深深为财东李大全的魄力、智慧和才干折服。

2018 年 6 月 27 日于山西省平遥古城

华山览胜

多年前就想登华山，但想去的地方太多，许多景点太诱人，便一直没有提上日程，因此，迟迟不能如愿。

今天，终于登上华山，登上了它的两个主峰——西峰和南峰。

迄今为止，我已经登了不少名山了，也领略和见识了不少的美丽和雄壮。为什么人们把华山定为五岳之一的西岳，我一直带着疑问予以求解，攀登后发现其确有独到之处。

人们称道华山，主要以“险”取胜。什么“奇险天下第一山”，什么“自古华山一条道”等，登过之后的体会是，“险”在其外，而“俊”却是它的内在，是其他大山所不能比拟的。

华山位于陕西省华阴市境内，整座山就像一块巨型花岗岩从天而降突凸地落座在陕西平原上。

从西线登华山，景区大巴一路盘旋而上，车窗两边便将它的“俊”一一展现在我的眼前：只见有的山体圆润光滑，就像一个个体格健壮的阳刚美男子，静静地矗立在大自然中；有的山手手相连，又犹如一群天真烂漫的美少女在山野撒欢，大巴都不忍打扰它们而远远地绕道前行；有的山体壁立千仞，就像被斧头劈出来的一样，威武雄壮地耸立在灿烂的阳光下；有的山则像家里的盆景，山树相交，相得益彰，煞是好看。山间流淌着的溪水和石缝中不时冒出的各种形态的松树、柏树等，恰到好处地把大山装点得有声有色、有姿有态。随着海拔高度的提升，大巴昂着头气喘吁吁地往上攀行，人的耳鼓膜首先有了反应，“嘭”的一声耳鸣把我从忘情的欣赏中拉回到眼前，发现自己已处在云雾之中。透过飘浮的云彩，千姿百态的山顶布满视野：有的亭亭玉立，端庄地站在云雾之中；有的挠头翘尾，在群山之中尽显妖娆；有的在阳光下闪闪发亮；有的则躲藏在云朵里时隐时现。经过约半小时的盘山路，车到尽头，不能再前行，只得换乘索道。索道箱下华山的“俊”更是一览无余：索道箱随着山势的上升下降，一会儿让我站在高山之巅，但见群山起伏，茫茫苍苍，如临仙境，如履浮云；一会儿是万仞峭崖向我迎面飞来，峭崖上的迎客松、猴面石等像过电影一样，一一让我欣赏。更为称奇的是，西线索道由于线路太长，靠起点和终点的动力已不能带动运行，人们便在线路中部的一座山上又设立一个中继站加力。这是我所见过的最为壮观的一条索道。跨越几座山头的西线索道本身也是一道风景，把华山的“俊”装扮得更加亮丽。

西峰是华山的主峰之一，海拔 2082 米，由一块巨大的

峭壁、远山

花岗石构成。峰顶有一巨石如莲花。西峰的西北面是绝崖千丈，像刀削斧劈一般，陡峭巍峨。西峰因为“俊”而被古往今来的许多文人雅士青睐，留下不少名言佳句。如明代地理学家徐霞客在《游太华山日记》中记叙：“峰上石耸起，有石片覆其上，如荷花。”唐代诗仙李白有“石作莲花云作台”的佳句，宋名隐士陈抟在他的《西峰》中赞美西峰“寄言嘉遁客，此处是仙山”。峰顶的花岗石地面上更是刻满了知名和不知名的雅士们留下的墨迹：什么“秀冠东南”，什么“天下壮观”……为西峰的“俊”作了千古不灭的注释。

南峰是华山的最高峰，古人称其为“华山元首”。峰南侧是绝壁千丈，直立如削。因为它的鹤立鸡群，高“俊”雄伟，也引来不少赞美之词，如宋代名相寇准赞美道：“只有天在上，更无山与齐。举头红日近，回首白云低。”在不足 20 平方米

西峰上的石刻

南峰上的石刻

的峰顶花岗石地面上也刻满了文人雅士们的佳句，如“顶天立地”“参天”……

西峰到南峰不远，由一道山梁相连。山梁一边是深不见底的悬崖绝壁，一边是十分陡峭的斜坡。路就在山梁上，在这样光秃秃的梁上行走，是需要一些勇气和胆量的。好在有心人在梁上安装了护栏，让胆小和恐高的人多少有些安全感。在南峰上眺望这条天路，其险其“俊”更为壮观。

从南峰上看西峰和山梁

站在西峰和南峰顶上，顿感天近咫尺，环顾四周，无遮无挡，目力所及，空旷辽阔，华山的“俊”让我心间的各种疑问和杂念顿时一扫而空，心境一下敞亮了。

2018 年 6 月 28 日于陕西省华阴县

邮戳印记

天空也有忧伤—— 内蒙古大通道上的雨

东起呼伦贝尔市的阿荣旗，西至鄂尔多斯市的苏家河畔的内蒙古大通道，全长 2512 千米，双向 4 车道，设计时速为 60 ~ 100 千米 / 小时，是目前国内最长的省级大通道。

今天，我们从赤峰开车走了一段高速公路后，在大板进入大通道，真真切切体会了一番大通道的魅力。

大通道由国道、省道和高速公路 3 部分组成。

整个大通道路面平整，弯道和坡道不多，路上的车辆还不是很拥挤，基本上没有堵车的现象。

在上大通道之前，这里已经连晴高温好几天了，二嫂心细，专门买了一件矿泉水放在后备厢，保证大家有水喝。

但刚上大通道不久，天上便下起雨来，由小雨转为中雨，个别路段还下起了暴雨。对于我们这些从重庆追着热浪北移的人来说，老天的忧伤引起的降温无疑是送给我们的最好礼物，加上雨中的草原景色，让心头别有一番情趣。

霏霏细雨中，车窗外时而闪过辽阔的草原，时而闪过冒雨低头吃草的羊群，时而闪过茂盛的玉米地，时而又闪过一片金黄的向日葵……惊喜连着惊奇，真实的画面就像是在观看电视一样。

大通道美景

中雨的雨点大了些，我们不再停车拍照了，而是躲在车内欣赏那些连绵起伏的小山头。翠绿的小山头是那么的圆润平滑，就像一个个丰盈的女人躺在大地上，优美的曲线让大地也跟着风情万种。

暴雨猛烈击打着小车，豆大的雨点冲向挡风玻璃变成水花四处飞扬，我们不得不让小车放缓慢行。只见大道两边的草原上瞬间积起的小溪在草地上流淌，弯弯的小溪，清清的流水在草原上蜿蜒，雨水漫过之处小草顺势躺在水里，赶紧借助流水清洗身上的不洁物，同时尽情吮吸这难得的甘露，草原顿时变得更绿了。

雨中的大道上车辆更少，雨水将大道冲洗得一尘不染，黝黑平整的路面让小车跑得轻快、自在。草原上的空气本就清新，雨水又让清新的空气凉爽、湿润，我平时中午有午睡

大通道美景

的习惯，可今天一直神清气爽，瞌睡全无。

这场雨持续的时间很长，当我们快到目的地——乌兰浩特市时才停下来，算算时间已过了五六个小时。雨过天晴，天边霞光万道，大通道迎着霞光延伸。霞光照在路面上，让平整的路面五彩斑斓；霞光照在大通道两边的小村庄上，让村庄里一排排黄墙红瓦房显得格外耀眼，在周围绿绿的草原衬托下，美得让人陶醉。霞光照在小车上，让车内一片金黄，同时把车外陡降到 17℃的温度又回升到 21℃，使稍感凉意的我们顿时又暖意洋洋。由于天气转凉，一整天都没有口渴感，二嫂买的一件矿泉水几乎没动。

因为下雨，晚上 7 ：30 我们才到达乌兰浩特市。虽然只走了大通道的五分之一，但雨中大通道的美景让我终生都难以忘怀。

2018 年 8 月 6 日于内蒙古乌兰浩特市

触摸美丽——在呼伦镇巧遇北京知青

离开阿尔山去满洲里之前，房东告诉我们，满洲里的宾馆不好找而且房价很贵。我们在手机上搜索并打电话联系，结果正如房东所说，不是宾馆已满员，就是房价贵得离谱。大家一合计，决定在离满洲里大约 30 千米外的一个小镇——呼伦镇住下，第二天再到满洲里游玩。于是我们打电话联系，住宿价格在我们可以接受的范围内就定下了。

到达小镇，镇上只有 2 家可以住宿且条件很一般的旅馆，而且在我们到达之前已经有人住下，只剩下一间房，老板很抱歉很无奈地答应给我们搭地铺。二嫂不甘心，试着向老板打听这里有没有家庭宾馆，老板的回答令我们喜出望外，有一家新开张的家庭宾馆，并愿意领我们去。

到了这家宾馆，主人是一个 60 岁开外的女人，听二嫂的口音后问二嫂是不是北京人，当得到确切的回答后便自我介绍说，自己也是北京人， 1969 年下乡到这里后就一直留在这里结婚、生子、工作，工作单位在满洲里市内，老伴是火车司机，现在两人已经退休了。这套房是他们买的，夏天来这里住，因为房子周围有很多土地，可以种点蔬菜、水果和养养花。最近是旅游旺季，开旅店的朋友忙不过来，要她帮忙接待一些游客，今天第一天开张就遇到老乡，很高兴，说又是老乡，又是知青，“同是天涯沦落人”，就不收我们的住宿费了，包吃包住。

主人这么热情，我们既感到惊喜，又十分难为情，想到老两口的第一笔生意不能因为我们的到来而打了水漂，便按照市场价格悉数交给主人，主人再三推辞后只好收了。这一来，主人更是热情，领着我们参观她的菜园、果园和各种花草，并说明天一定要做一顿丰盛的早餐给我们吃。

第二天早晨，当我们一觉醒来后发现，老两口早已等候在大厅里。主人告诉我们，要带我们去拜谒蒙古人的神山和到一处山泉洗脸漱口，游玩后再回来吃早餐。我们十分高兴，这可是我们旅游计划之外的新内容，而且是旅游指南上找不到的景点。

两辆车（另一辆车是昨晚很晚才来的辽宁一对小夫妻的）在她的带领下开进草原，一路上微风携带着露水向我们迎面扑来，呼伦贝尔大草原的清新空气直往车厢里灌，大家都把车窗打开，尽情地呼吸这别样的草原味。

走了大约 15 分钟，一座小山出现在车前，车道边立着一块醒目的牌子，上面写着“禁止女人上山”，我们立即将车停下，因为车内有老伴和二嫂。但往前看，主人坐的另一辆小车已经爬到半山了，我们很纳闷，但得不到解释，便继续跟着她往山顶进发。这座山虽然不高，因周围都是平原，使它

神山 敖包

也有如巍巍昆仑般伟岸。山顶上一座敖包耸立在我们的眼前。主人把带来的牛肉、羊肉拿出来，供奉在敖包前，我们事先不知道这一习俗，没有准备，只好将小车上的面包、糖、水果等零食拿来，学着她的样子，恭恭敬敬地放在牛羊肉的旁边，以表示我们的敬意。

当一切拜谒仪式做完，大家跟着她围着敖包转了一圈后便自由活动，有的捡周围的石头往敖包上垒，有的忙着拍照，她则一边和大家玩，一边介绍这里的习俗，说每年农历六月初四，是蒙古人的节日。这一天，蒙古人穿上盛装，到这座山来拜山神，祈求平安、幸福，拜谒仪式做完后便在山下进行赛马、射箭、摔跤、跳舞等活动，十分隆重和热烈。在她的介绍中，只字未提山下那块牌子上的禁忌，是她已经告诉了同车的那两位客人，以为我们已经知道了，还是其他原因，我猜不透。忍了好一会儿，实在忍不住，还是弱弱地向她提出这个问题。她听后只是淡淡地说，祭拜活动时女人不准上山，其他时候是可以的。从口气中可以听出，她对这一禁忌

道边一块显眼告示："禁止女人上山"

是有不同意见的。

在山上玩了半个小时左右，她又带着我们来到山泉处游玩。这股山泉从地下冒出，水量还比较大，冒出后形成一条小溪，顺着草原流淌，在不远处汇集成一座小湖。她在泉眼处舀了一瓶水让我们喝，清凉、甘甜的泉水直直地流进胃里，全身一下舒畅极了。然后她又把随身带来的塑料桶灌满水后，领着我们来到下游，叫我们在这里洗漱。刚刚几口水下肚已经使全身舒畅轻松了，再用泉水洗漱，大家在小溪边边洗边闹，清凉的泉水似乎又让大家焕发出青春。辽宁小夫妻玩得意犹未尽，更是跑回停车处，拿来一个塑料桶，灌了满满一桶水，说是要拿回家里喝。

清凉甘甜的山泉

主人告诉我们，不要动这里的一草一木，不要将垃圾扔在这里，不要惹恼了水神，这是蒙古人的禁忌。

主人虽然不是蒙古人，但她对山、对水的敬畏，让我看到呼伦贝尔大草原之所以这么美，就是因为有她和他们所保持的这种态度并由此产生的自觉行动，给了大自然按照自然规律自由发展的无限机会。她的行动默默地影响了我们，可以肯定地说，也影响着她周围的其他人。

因为有老乡情，以及曾经的共同命运，我们之间已经没有了主客之分，亲密的关系使我们有了这段意外之旅，旅程虽短，印象却是深刻的。

2018 年 8 月 10 日于呼伦贝尔市呼伦镇

战争之殇——参观海拉尔攻克战遗址

从满洲里到呼伦贝尔市之间，接近呼伦贝尔市郊有一座第二次世界大战纪念地——世界反法西斯海拉尔纪念园，也称海拉尔攻克战遗址。

纪念园大门

1945 年 8 月 9 日至 8 月 17 日，苏联军队在欧洲战场取得对法西斯德国的胜利后，挥师东方，发动了对日本帝国主义在我国东北地区关东军的全线进攻，海拉尔攻克战是其中一部分。

海拉尔是内蒙古自治区呼伦贝尔市的一个区，地处内蒙古自治区东北部，距中俄边境线 110 千米，距中蒙边界 160 千米。第二次世界大战时日本帝国主义为了配合法西斯德国的欧洲战场，企图在重新瓜分世界中多分一杯羹，准备进攻苏联，便在内蒙古自治区和东北地区与苏联交界的边境线上修筑工事，海拉尔要塞就是这些工事之一。日本在修筑海拉尔要塞中强行征集 13 万中国劳工，用了 4 年时间建成。建成后为了保密，日本人将这 13 万

地下工事一角

劳工全部杀害，埋在附近的万人坑里。海拉尔要塞分地面工事和地下工事。地面由 30 余座钢筋混凝土浇筑而成的明碉暗堡、各种火炮阵地、永备火力点和四通八达的战壕组成。地下由一条主干道和若干分干道以及全套战争系统组成。地下工事总面积达 5000 多平方米，干道总长 4000 多米，也是全部采用钢筋混凝土，十分坚固。

战斗打响后，苏军第 36 集团军 60 万人全线压上，飞机、坦克、大炮狂轰猛炸，日军则凭借武士道精神和坚固的设防拼死抵抗，苏军一个碉堡一个碉堡地攻，日军一步也不退让，战斗打得异常激烈，激烈之处甚至出现 7 个我国董存瑞式的英雄——舍身炸碉堡。在苏军强大的攻势下，日军在付出惨重伤亡后不得不退到地下工事，继续抵抗，苏军则用炸药、汽油、集束手榴弹等强攻。经过 7 天 8 夜的战斗，最后以日军举起白旗投降，结束了这场惨烈的战斗。

海拉尔战斗，苏军共伤亡 5000 余人，其中牺牲 1100 余人。

海拉尔攻克战和苏军对整个东北地区的进攻，将盘踞在我国东北境内的日本关东军彻底打垮，击毙 8.3 万人，俘虏

苏联红军纪念碑

59.4 万人。战后，苏联将这些俘虏全部押送到西伯利亚强制劳动。

海拉尔攻克战以及苏军在整个东北的战斗，有力地支持了我国的抗日战争，配合了盟军的东方战场，为结束第二次世界大战作出了极大贡献。苏军的流血牺牲将永留青史，中国人民也将永远牢记苏联人民的友谊。

地面工事被苏军战后全部摧毁，地下工事几乎全部保留。

现在地面上摆放着一些苏军当时使用的坦克和飞机，地下工事对外开放了二十分之一供游客参观，另外还建有一座海拉尔要塞遗址博物馆。

我们逐一参观了这些遗迹，并来到苏军烈士公墓和苏联红军纪念碑前献上一束花，默默地向他们表示哀悼和敬意。

2018 年 8 月 11 日于内蒙古呼伦贝尔市

让水色和泥土温暖如初——观亚洲第一湿地

在离额尔古纳市郊不远处，有一个号称亚洲第一湿地的景点，我们慕名前往。

额尔古纳是蒙古语“捧呈”“递献”的意思。额尔古纳市是呼伦贝尔市下辖县级市，位于大兴安岭北麓，呼伦贝尔草原北端，是内蒙古自治区纬度最高的市，也是我国最北的边境城市，与俄罗斯隔额尔古纳河相望。

湿地观景点设在一座山上，我们将车停在停车场后，乘景区的交通车来到山顶。山顶面积不大，但景区围着山顶设了几层观景平台。来游览参观的人很多，每层平台几乎都站满了人。每个人都拿着相机、手机对着山下猛拍。

额尔古纳湿地

山下就是额尔古纳湿地，浩瀚辽阔的湿地一眼望不到尽头。湿地位于额尔古纳河、根河、德尔布干河和哈乌尔河的交汇处。在这里，通过望远镜可以清楚地看到，清澈的根河静静地流淌，从上游延伸到下游的根河两边是

额尔古纳湿地一角

开阔的平原，河水通过无数的分岔进入平原，形成星罗棋布的水泡子。湿地里长满杨柳、矮树和灌木，绿意盎然。水色和绿色错落有致，在蓝天白云下交相辉映。水中和灌木丛中，鸟儿成群，自由自在地嬉戏、追逐。根河流到这里，来了两次大转弯，形成一个巨大的“S”形，将湿地分割成几块相对独立的景色，构成一道道亮丽独特的风景线。

站在山顶，遥望根河的上游是一眼望不到尽头的水、绿色和天际线；近看根河的下游，是美丽的额尔古纳城市风光。一边是大自然的造化使然，一边是人类智慧的结晶，两者结合得十分自然、和谐。额尔古纳市城市不大，但小巧玲珑，街道宽阔平整，街道两边的房屋大多既有中国民族特色，又有俄罗斯的风格，而且都用各种色彩装点，显得鲜艳亮丽。整座城市被鲜花簇拥，加上周边的大草原，走在这座城市，心中涌动着一种异样的感觉。

额尔古纳湿地一角

虽然没有走进湿地看到更精彩处，仅它的辽阔浩瀚已让我大开眼界。我已走过不少地方见过不少湿地，额尔古纳湿地是我见过的最原始最生态的湿地。

2018 年 8 月 13 日于额尔古纳市

额尔古纳市一角

穿越大兴安岭

大兴安岭除了蕴藏着丰富的森林资源、矿产资源和动植物资源外，还蕴藏着丰富的旅游资源，而且许多都是全国独有的。如亚洲第一、世界第二的阿尔山火山群；额尔古纳“亚洲第一湿地”；世界四大草原之一、面积达 10 万平方千米的呼伦贝尔大草原；温度可达 - 52.3℃的中国最冷的北极村。这里民族众多，诸如俄罗斯族、鄂伦春族、鄂温克族、达斡尔族等不同民族所创造的文化多样性，让这里的旅游资源丰富多彩。

从 8 月 6 日我们进入大兴安岭南麓的阿尔山到今天的黑龙江省的呼玛县，途径满洲里、额尔古纳、室韦、莫尔道嘎、根河、满归、漠河、十八站，行程已有 3000 多千米。总共 11 天时间里，从南到北，从西到东几乎都穿行在大兴安岭森林里。在纵横驰骋、信马由缰中，把能够看到的都看了，能够体验的都体验了，时间虽然不长，但也让我们比较充分地领略了大兴安岭送给我们的所有美丽。

鄂温克人原住地

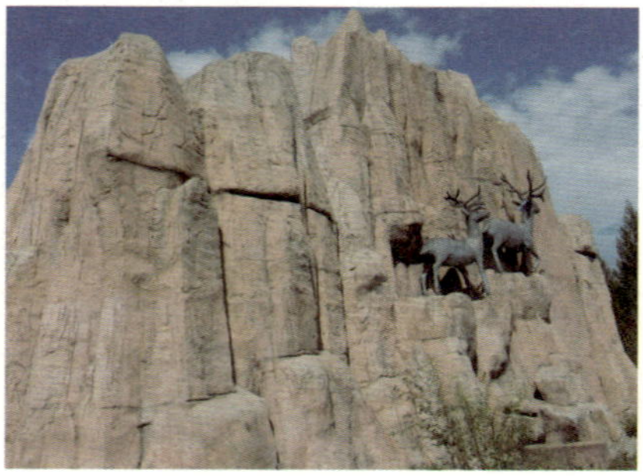

恩和俄罗斯民族乡

鄂伦春文化园

在满满的好心情中，也有一丝遗憾游弋其中。

在 11 天里，我们没有看到一棵参天大树，哪怕是 3 人抱、2 人抱的也好，所看到的树龄大多在 10 ~ 20 年，一点没有感受到“原始森林”的宏大幽深和粗犷野性。最初，我们并没有注意到这一现象，当在森林里转了两三天后，突然发现这一问题，我们很纳闷，“原始森林”里怎么会没有参天大树呢？后来便注意观察，甚至当成了游大兴安岭的一项重要内容——寻找参天大树，可事实最终还是让我们失望了。为什么参天大树都没了呢？

在森林里转悠，经常可以看到林业局的人。经打听，林业局以前的主要任务就是伐木。从 1952 年建立林业局开始砍伐到 2015 年 4 月 1 日停止采伐，前后 63 年，上百万人上山，从最初的刀斧到后来的电锯，砍伐效率成倍提高，整片整片的森林轰然倒下，有多少参天大树能够逃过这百万大军和飞速旋转的电锯呢？据资料记载，内蒙古某伐木工在一个作业季里，采伐木材可达 3 万立方米。3 万立方米的木材需要多少棵参天大树来码堆啊！这是一个伐木工在一个作业季里砍伐的树木，63年、上百万人砍伐，不需要多少数学知识都可以计算出总的砍伐量，难怪参天大树无一幸免。诚然，砍伐的木材曾经是作出了贡献的，但不可否认，这种贡献是以牺牲生态环境为代价，是只顾自己不顾子孙后代生存条件的短视行为。好在现在人们已认识到这一问题的严重性，停止采伐，并且变采伐为植树造林、防虫防火、恢复森林的生态系统。

知过改过，未为晚矣。从我们十多天走过的地方看，人造森林长势良好，再假以时日地维护保养，虽然不可能再有原始森林的粗犷野性，但森林的苍茫必将重现大兴安岭。

2018年8月17日于黑龙江省呼玛县

现在的大兴安岭森林

邮戳印记

雨压过来的时候，我们游走在 301 省道上

301 省道重庆城口县至巫溪县段，特别是城口县段风光美极了。

重庆亢谷，巴山原乡

在城口黄安坝景区游玩后，我们走上了这段路。

离开城口县城后不久，小车几乎都是在峡谷中穿行。公路是双车道，刚铺好的沥青路面平整光洁，路面上各种行车注意指示十分醒目。路边的小溪清澈见底，水底的沙石颗颗洁净，溪边还能见到小鱼游荡。小溪一段水流湍急，一段又平静如镜，可以想象到了夏季这里一定是漂流的好去处。溪的上空不时出现一座座吊桥，像一道道彩虹飞挂在空中。公路两边的路肩上人工栽种的一种不知名的树已经红了，红叶随着道路一起蜿蜒，整齐划一。两边山上更是色彩斑斓，红的、黄的、绿的……各种色彩把空间染得光怪陆离，加上黑黑的路面，让峡谷就像飘浮在空中的一条彩带。公路边不时出现一些指示牌，告诉人们在大山的深处还有“藏在深闺无人识”

风光1

的美景。

小车前方时而出现修葺一新的农家屋。两楼一底或三楼一底的各式别墅有的独处一方，有的几家成片。房屋色彩鲜艳，或红瓦黄墙，或白墙青瓦，矗立在山中、溪边、路旁，为寂静的峡谷增添了几分灵气。

峡谷中偶尔能见到小片田地，农民将秋收后的秸秆就地焚烧，还田养地。袅袅青烟与山顶的云雾相连，烟雾缭绕、秸秆飘香、花山绿水、楼台亭阁，一幅幅人间仙境跃然眼前，让我们赞叹不已。

悬崖上不时还能见到远古遗留下来的古栈道、古驿道，和我们脚下宽阔平整的柏油路形成极大的反差。

这就是“大巴山国家级自然保护区”中的“任河生态景观文化长廊”，也称“重庆亢谷，巴山原乡”。长廊由“龙滩河谷”“青龙峡湾”和“亢河原乡”三大板块组成，全长35千米。内中有“野人溪”“大巴山动物养护站”“金雕岩”“峡谷漂流”“一线天”“巴山老院”和“亢谷人家”等自然人文景观。

走了一段路后，天上就下起雨来，小车时而钻进豌豆大小的雨中，雨点打着挡风玻璃和车顶发出噼噼啪啪的声响；

风光 2

风光 3

时而又钻进蒙蒙细雨中，细雨像一层纱幕让外面的景物时隐时现。雨中游玩虽然带来了一些烦恼，但也另有一番滋味。清新的空气夹带着雨露，诱使着我们大口大口地深呼吸，希望能将这样的仙气在体内多停留一些时间；朦胧中的远方将我们的探究欲唤醒，促使我们不断地伸长脖子睁大眼睛去搜寻奇丽。外面的风景实在是太美了，雨水完全挡不住我们的冲动，我们不断地停车，打开车门冲进雨雾中，来到小溪边，捧一捧水洗一洗脸，清凉洁净的溪水立刻驱走了几天来的倦意；举起手机对着大山猛拍，虽然光线差了点，还有雨水洒在镜头上，但能在手机上留下永恒，心里也十分满足。其实，细雨点打在脸上也是一种享受，比按摩师的效果更好，难怪老伴不停地感叹，美容店的按摩师应该体会体会雨中的感觉。

就这样，我们在 301 省道上是一路欣赏，一路惊喜，一路享受。

景区简介

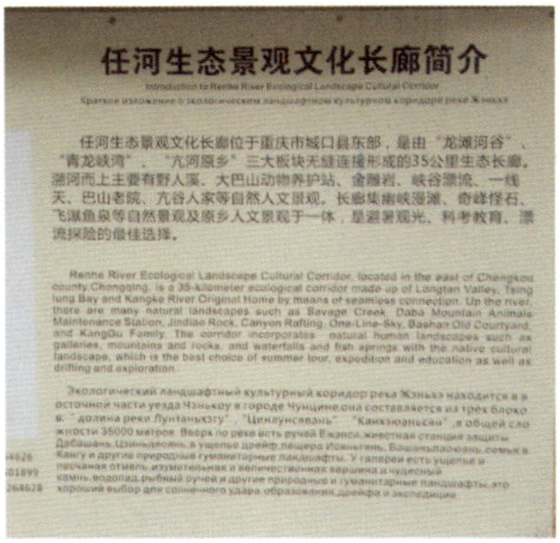

2018 年 11 月 5 日于重庆市巫溪县

丰潭文化公园一瞥

丰潭文化公园位于杭州市西湖区丰潭路上，就像杭州市内诸多特色公园一样，其独特的内涵彰显着杭州特有的文化气息。

公园面积不大，占地只有 15 亩，可就在这小小的方寸之地上，却表现着丰富的文化内容。

首先，映入眼帘的是公园中心广场上的“水蕴百善”雕塑。整座雕塑呈铁红色，上面书写着一百个不同字体、不同形态的“善”字，鲜明的人性主题给人的第一印象就是杭州的特色文化——百事善为先。而这一文化千百年来孕育出杭州人的秉性，也给世间创造出一个独特的文明——西湖价值观：务实、守信、崇学、向善。

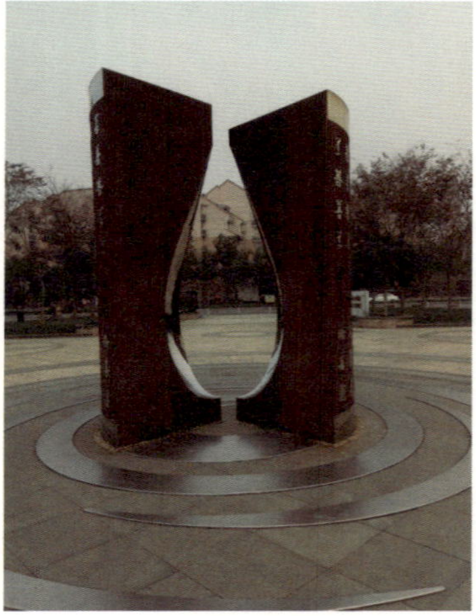
矗立在广场正中的“水蕴百善”雕塑

再看看公园的其他地方。在广场旁边有一个文化长廊，廊中悬挂着赞美杭州的古诗词，并配以相应的画作。漫步长廊，吟

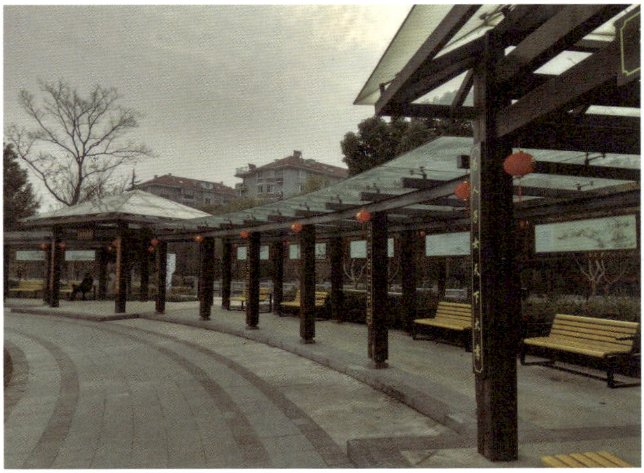

文化长廊

文化小道上的雕塑小品

诵这些诗词，两相对照，可以很容易理解这些诗词的内在含义。我看到每一幅诗词前面都有人驻足，有的口中念念有词，有的正两两讨论。看得出来，这不是应付某种需要而做的面子工程，而是符合民心民意并引起大家共鸣的文化实业。

公园旁边是莲花港河，河道与公园相连，成为一体。浓密的柳枝垂吊在河两岸，在微风中摆动，清清的河水缓缓流动，水面波光粼粼。沿河有一条文化小道，道边整齐排列着一组雕塑小品，小品内特意安排了人们耳熟能详的成语、典故，并对这些成语、典故配有绘画，让人一看就懂，一目了然，如彬彬有礼、井然有序、程门立雪等。耳濡目染这些中国的传统文化和传统文明，让人获得的是一种无声的启迪。

莲花港河上几只白鹭时而在河边觅食，它们两眼死死盯住河面，在水中轻轻挪动着那细长的双腿；时而在河上来回飞翔，雪白的羽毛在空中划出一道道白色的闪电。水面上一

幼苗雕塑

对野鸭一会儿潜入水底，消失得无影无踪；一会儿又浮在水面追逐、嬉戏，自由自在，优哉游哉。优良的自然生态环境为看书阅读的人们提供了一个绝佳的沉思之地。岸边相距不远处设有靠背椅，除了为人们提供休憩外，自然也成为读书人的理想倚靠。

在公园的一个角落有一组雕塑很有寓意。几株刚出土的幼苗健壮可爱，有的低头似学习状，有的昂首仰望似探索状，这不正是我们那些天真可爱的孩子们的真实写照吗？孩子们来到这个世界，看一切都是新鲜的、稀奇的，学习和探索是他们认识这个世界的第一要务。这组雕塑让孩子们喜欢。

公园的另一个景点是外形酷似漂流瓶的“漂流书屋”，从图书的品种、新旧程度可以看出书屋里的书是市民自愿捐赠的，各种各样，五花八门，虽然都是旧书但保护得都很好。书屋无人值守，游人可以自由进出，随时取出阅读，甚至还可以“漂”走。只见不断有人送书来，有人在旁边看书，也有人把书“漂”走。物尽其用，知识随着“漂流瓶”再次漂进人

别具一格的漂流书屋

道德模范谱

们的心田。

在一个园中园的橱窗里展览着10个“西湖区第4届美丽幸福人物（道德模范）”。从20多岁的年轻人到80多岁的老奶奶，从企业家到社区助老员，从打工者到外国人，老老少少，各行各业的人都有，而且从他们的事迹看，有的在细心赡养老人中见孝道；有的在长年坚持公益服务中见意志；有的在诚信从业中见精神；有的在全身心为患者服务中见情怀。点点滴滴中既普通平凡，又真实伟大。而且评选出的这些道德模范中还有一个澳大利亚人，从中可以看出杭州人的博大胸怀。

公园里每个角落都分布着不同的文化内容。

浸润在这浓浓的文化氛围里，我看到在随风潜入夜，润物细无声中，将会有更多的新一代杭州人出现在我们身边。

2018年12月30日于杭州

后　记

2005年，我们便拥有了自己的私家车——一辆红色塞纳，这是我们5年前、10年前或者更长的多年前做梦也没有想到的，这完全要归功于国家的发展，让我们一下将活动范围由10千米拓展到5000千米甚至更远。

有了车便开始自驾游，最初很疯狂，也没有什么计划，无目的地瞎逛。记得有一次五一长假跑到青海湖，那时还没有多少高速公路，基本上是国道、省道和县道，沿途没有停留，马不停蹄地直奔目的地，到达青海湖时5天时间已经过半，住了一晚，第二天一早到湖边打了个照面就急急忙忙往回赶。后来有车的朋友多了，便经常和朋友几辆车一起出行，虽然有了一些约束，少了些许疯狂，但多了几分热闹和乐趣。这段时间的自驾游让我们眼界大开，心胸也敞亮了，直接受益就是我们的生活和工作，两者都发生了很大的变化。生活变得有滋有味，每天都充满阳光；工作目标更远大，每天都干劲十足。只可惜这段时间没有留下多少记录。

真正的美好时光是从2016年开始的，这一年完全从工作岗位上退下来，没有了时间的限制和工作的压力，完全的自由和彻底的放松，我们开始了有计划、有目的、有记录的旅行。于是，就有了这本书的问世。

这本书谈不上有多少文学水平和多深的见地，纯粹是依随着自己的感触说点我们的经历和感慨，目的是给读者工作之余解解乏，矛盾之后消消气，茶余饭后养养眼，是睡觉之前的安眠曲，一点点消遣而已。

本书精选有阅读价值的内容，时间截至2018年，主要是考虑到图书的可读性和文字不能太多，期望一本薄薄的小书能让读者读起来不累。

这里要特别声明，书中个别图片来自网上一些朋友的佳作。我们的摄影技术实在是不敢恭维，怕自己的劣作让这些美景蒙羞。因此，我们要首先感谢这些朋友将自己的佳作无私地公开展示，让我们有了欣赏和引用的机会；其次，如果这些朋友有什么想法，请与出版社联系，我们将与您沟通，作出妥善的处理。

最后，要感谢出版社的各位领导，是你们的首肯让我们有了与读者见面的机会。还要感谢陈晓阳、毛家瑛、张维、唐丽、张永洋、张祎、李桂英等各位朋友，你们从书名到各篇名的真知灼见以及严谨的编辑加工、版式设计，使得本书得以问世。

朋友，自驾游是一种愉快的旅行，让我们都行动起来，去充分感受那春的美丽，夏的力量，秋的收获和冬的欢乐吧！